真の仲間じゃないと勇者のパーティーを追い出されたので、辺境でスローライフすることにしました12

ざっぽん

角川スニーカー文庫

23640

Illustration：やすも
Design Work：伸童舎

CHARACTER

レッド
(ギデオン・ラグナソン)

勇者パーティーを追い出されたので、辺境でスローライフをすることに。数多くの武功をあげており、ルーティを除けば人類最強クラスの剣士。

リット
(リーズレット・オブ・ロガーヴィア)

ロガーヴィア公国のお姫様にして、元英雄的冒険者。愛する人との暮らしを楽しむ幸せ一杯なツン期の終わった元ツンデレ。

ルーティ・ラグナソン

神に選ばれた『勇者』と心から生じた『シン』の２つの加護を持つ少女。人間性を取り戻し成長している。

ティセ・ガーランド

『アサシン』の加護を持つ少女。暗殺者ギルドの精鋭暗殺者だが今は休業してルーティと薬草農園を開業中。

ヤランドララ

植物を操る『木の歌い手』のハイエルフ。好奇心旺盛で、彼女の長い人生は数え切れない冒険で彩られている。

うげうげさん

ティセの相棒の蜘蛛。ティセの隣で今日も元気に暮らしている。最近は友達になった大型犬のチャーリーとよく遊んでいる。

第一章　趣味多きハイエルフの大暴走

「船を造りたいの」

　いきなり何を言っているんだ、このハイエルフは。

　開店準備をしていた俺のところに駆け込んできたヤランドララは、何の前置きもなく俺とリットにそう言った。

　今の時刻は朝の7時前。

　暦の上では秋が近くなってきたが、ゾルタンはまだまだ暑く夏真っ盛りだ。

　今朝も起きたらまず体を洗って寝汗を落とすところから始めた。

「ええっと、どれくらいの大きさの船を？」

「できる限り高性能な冒険用の船、目標は大陸を一周できるくらい」

「ゾルタンで造るのは無理じゃないかなぁ」

　船について素人だから分からないが、大陸を一周することは誰も達成したことはないはずだ。

「……ゾルタンから出ていっちゃうの？」

リットが言った。

当然、船を造ったらその船に乗って航海をすると思うだろう。

だが……多分ヤランドララは違う。

ほら。

「違うわ、ただ船を造りたくなったの」

「えっ」

「えっ」

リットとヤランドララが顔を見合わせて首を傾（かし）げている。

「ヤランドララは船が造りたくなったから造るんだ。やってみたいからやるのが目的で、やったことでどんな利益があるかは二の次なんだよ」

「あー、ヤランドララらしいね」

リットは納得して、それから笑った。

「この間島に行った時の影響？」

「そう！　船に乗ったり漁船を造っているのを見て、また自分の船が欲しくなったのよ！」

「ヤランドララって昔は船長やってたんだよね、船にも詳しいんだね」

「懐かしいわ……船大工に交じって作業したわけじゃないけれど船の図面は色々勉強した

ものよ」

ヤランドララは自信ありげにうなずいている。

うーん……。

「それ100年くらい前の話？」

俺はそう質問した。

「あはは、そんなに昔じゃないわよ。それに最近だと50年くらい前にも一度造船に関わったことがあるから」

「50年前かぁ」

アヴァロン大陸の造船技術は40年ほど前に帆の技術革新が起こって帆船の性能が大きく向上したらしい。

ヤランドララが船乗りをやっていた頃は、帆船は1本マストのコグ船が主流で大型の軍船としては人力のガレー船を軍も海賊も使っていた。

ヴェロニアの将軍リリンララは、80年前のモデルであるガレー船を使っていたが、現在の軍の主流は大型帆船だ。

大型化した船を自在に動かせるほど帆船の技術は向上したのだ。

「レッドが考えていることは分かるわ」

ヤランドララはニヤリと笑った。

「確かに私がよく知っている帆船は船の中央にマストがあって、四角い帆が張られていて、逆風の時は全然動かない船だった」

「今の船は順風でも逆風でも風さえあれば動くからな」

帆の技術の発展によりどの方向からの風でも進むことができるようになった。

魔法を使う船もあったが、特別な加護を持ちそれなりのレベルの魔法使いが一日中魔力を使わなければならない。また消耗の激しい作業なので、交代で動かしたとしても何ヶ月も続けられるものではない。

魔法を使わない快速帆船の登場は世界の距離を縮めたと言ってもいいだろう。

「だからこそ船を造ってみたいのよ」

ヤランドララは力強くそう言った。

「知らないから挑戦してみたい、今できないからできるようになりたい。それが趣味というものじゃない？」

「眩しい」

最近は薬草店の経営も安定し、大きな騒動も無くのんびりしている俺には眩しすぎる言葉だ。

「レッドだって頑張って楽しい生活を送っているよ、自信を持って！」

「ありがとうリット……」

リットに慰められてなんとか持ち直すことができた。

「それで具体的にどういう計画なんだ」

「資金は私の持っている財宝から出すから心配ないとして、まずは知識を集める必要があるわね」

「ヤランドララのアイテムボックスの中に入った資産はゾルタンの国家予算より多いだろうな」

だが問題は知識だ。

「ゾルタンの造船所って小型船しか造っていないからなぁ」

海に近いところにありながら、ゾルタンの海上交易船は外国で造船されたものだ。

ゾルタンには長期間航海できるような船を造れる造船所がない。

「でも職人の中には他国からの移住者もいるし、昔は最新鋭の船を造っていたっていう職人が1人くらいいるかも知れないな。週末に商人ギルドで話を聞いてみるか?」

「ごめん、週末はゾルタン闘技場のチャンピオンに挑戦する日だから」

「え?」

「武器も魔法もスキルもなし、『武闘家』のような武術系加護がなくても、誰でも戦える格闘術の研究中なの」

船の話だけじゃなかったのか。

「ヤランドララは本当に多趣味だな……」

＊　＊　＊

夕方。

「ヤランドララがそんなことを言ってたんだ」

俺の隣に座るルーティがそう言った。

テーブルにはオムレツとチキンスープ。

それにふかふかのくるみパンと、デザートのカットフルーツ。

フルーツ皿には食べやすい大きさに切られたスイカとパイナップルとバナナが並んでいる。

「レッドの料理は今日も美味しいね！」

リットはオムレツを頬張り、笑顔で言った。

今回の夕食も好評なようで嬉しい。

「それにしても急に船を造るとか言うんだもん、驚いちゃった」

リットの言葉に、俺は苦笑してうなずいた。

「ヤランドララは思い立ったらすぐに行動しちゃうからな。それを実現できる能力もあるし」

「それで造船所に行くのかと思ったら闘技場でタイトル戦をするっていうんだから、思わず転けそうになったわ」

リットは面白そうに笑っている。

その無茶苦茶な性分もヤランドララの魅力だろう。

ハイエルフは普通キラミン王国から出てこないこともあり、俺もハイエルフは大人しい種族だと思っていたから、ヤランドララのことを知れば知るほどイメージのギャップにまだ幼かった俺は驚き、そしてその驚きを楽しんだものだ。

「ヤランドララがチャンピオンに挑むっていうのなら……うーん、素手でも圧勝しそうな気もするけど、せっかくだし応援に行こうか」

「いいねー」

弁当も作るか。

ホットドッグを食べながら闘技場観戦というのも楽しい休日な気がするな。

まぁ騎士だった頃の俺は普段から血なまぐさい日々を送っていたから、休日まで戦いを観に行く習慣は無かったけれど。

「「そうだ闘技場といえば」」

リットとルーティが同時に声を上げた。

お互い驚いて顔を見合わせている。

「えぇっと、じゃあリットから」

俺は止まってしまった会話の続きを促した。

「うん、闘技場のジョーさんがポーションの在庫が不足しているのを気にしていたよ。秋は祭りも色々あって闘技場の利用者も増えるのにポーションが仕入れられないって。レッドが用意してくれるのなら全部言い値で買い取るからって頼まれたの」

「なるほど、明日中央区の診療所に薬を配達するついでに話を聞いてくるよ」

「うん！」

昼に買い物をしてきてくれた時に注文も取ってくるとは、さすがリットだ。

「それでルーティの用件は？」

「ヤランドララが試合する日、私も闘技場に出る」

「「え」」

今度は俺とリットが同時に声を上げる番だった。

「いやいやいやいや」

思わず壊れたおもちゃくらいの勢いで、俺は首を横に振ってしまう。

だってそうだろう？

ルーティがゾルタン闘技場に出場するとか、武器だろうが魔法だろうが素手だろうが、どんなルールでも事故しか起こらない。

「多分お兄ちゃんとリットの思っている試合とは違う」

「そ、そうなのか？」

「年少の部の子供達を相手にエキシビションマッチをするの」

「あー、なるほどBランク冒険者のルーティに子供達との思い出作りして欲しいって依頼か」

ゾルタン闘技場の競技には加護に触れる前の子供を対象にした年少の部がある。

打撃なし、投げ技のみで相手を地面に倒して覆いかぶさったら勝ちというものだ。

遊びの延長というくらいの軽い競技だが、実戦なら倒した相手を刃物で突き刺して止めを刺すという対人戦闘の技術にもつながるようにルールが作られている。

「私の時はそんな依頼なかったのに……」

リットが不満そうに言った。

「まぁ、リットの冒険者時代ってマイペースというか、普通の冒険者とは違う行動原理で動いていたから、そんなリットにこういう平和な依頼を出して良いのか分からなかったんじゃないか？」

「嘘!?」

リットはショックを受けた様子で目を丸くしている。

「私は自分のこと親しみやすい英雄リットちゃんだと思っていたのに」

「市民の味方なのと親しみやすいのはまた別だからなぁ」

「……私も闘技場に乱入しようかな」

「止めなさい」

ヤランドララ以上に大変なことになってしまいそうだ。

リットは不満そうに「むー」と唸っている。

「それにルーティはよく子供達と一緒に遊んでいるからな、子供好きだって知られているんだろう」

まぁ子供好きというより、幼い頃に子供らしい遊びをしてなかったルーティはあの頃できなかった遊びをゾルタンの子供達と一緒にやっているのだ。

ルーティはゾルタンに来てから冒険者としての仕事や、ヴェロニア王国との戦争での活躍、そしてその後も議会で意見を出したりしているようで、ゾルタンの英雄としての名声を得ている。

同時に子供達にとっても、遊びがとても上手い仲間として親しまれているのだ。

今回の依頼もそうしたルーティだからこそ子供と思い出を作って欲しいということになったのだろう。

「まっ！　そういうことなら俺達も応援に行かないとな！」

「お兄ちゃん達が応援に来てくれるの？」

「もちろん、ルーティが出るなら俺が応援に行かないわけないだろう。お弁当作って応援に行くよ」

「嬉しい」

ルーティは顔をほころばせた。

その表情は以前よりもずっと分かりやすく動いている。

夏の島での旅行はルーティの心に良い影響を与えたようだ。

勇者だった頃のルーティなら、子供達とのデモンストレーションで闘技場に参加するなんて考えられなかった。

「弁当は気合を入れて作るか」

妹の晴れ舞台だ。

良い思い出になるよう、お兄ちゃんとして頑張る他ないだろう。

週末が楽しみになってきた。

……こうして、ヤランドララの船のことは一旦俺の頭の隅っこに追いやられたのだった。

＊　　＊　　＊

翌日。

中央区にあるクリストファー診療所に薬を届けた後、俺は闘技場に向かった。

闘技場の場所は中央区の東側。

俺の住んでいる下町の正式名称は南区で、ゾルタンの南側に位置している。

中央区より川下側にあるから下町だ。

俺の薬草店を利用するお客は、下町の人間の他には西側にある港区の労働者達と北区の冒険者達が多く、中央区東側というのはあまり縁の無い場所だ。

「ふぅ、ゾルタンの夏は長いな」

俺は林の中の道を進んでいる。

夏の活気で青々とした草木が砂利を敷いた道に侵蝕していた。

ここら辺はゾルタンで使う炭のための植林がされている土地だ。

この林は人工林で、生長の速い木の苗を輸入して作られたものだ。

林を抜けてさらに道を進むと、開けた場所に木の柵で囲まれた広場と木製のベンチが見えてきた。

あれがゾルタン闘技場だ。

王都にある巨大な闘技場のイメージとは別物だが、これが普通だ。

近くにはモンスターを収容している建物がある。

闘技場の本来の用途は、できるかぎり安全に加護レベルを上げるための設備だ。

加護レベルは自分と同等以上の加護レベルの持ち主と戦わなければ効率的に成長しない。

だがそんな相手と戦えば命を落とす可能性は高くなる。

デミス神は対等な命の奪い合いを望んでいるようだが、人間は工夫する生き物だ。

強力な戦士や治療師がいつでも救出できる状況で、適切な強さのモンスターと戦う。

安全に加護レベルを成長させるために始まったのが闘技場という施設なのだ。

その由来から最初は闘技場ではなく訓練所と呼ばれていたそうだが、利用者同士が戦闘技術も一緒に訓練するようになり、闘技場の運営資金を集めるために闘技場の利用者同士で戦う賭け試合が行われるようになり、やがて興行も闘技場の主目的となっていった。

この世界で生きるのならば、戦うことは避けられない。誰もが戦闘経験者なので、高度な技術を見学できる試合に多かれ少なかれ興味を持つものだ。

戦いに満ちたこの世界においてその需要の高さから、それなりの規模の町ならばどこにでも闘技場が設置運営されている。

「おっ、今日は道場の交流戦をやっているのか」

道場破りほど殺伐とはしていないが、交流戦はお互いの面子(メンツ)をかけた試合だ。

マーシフルポーションを使って相手を傷つけないようにしているから、お互い遠慮なく殺気を込めた攻撃を繰り出している。

試合をしているのは……珍しい、ヒスイ王国由来の鎖鎌術の道場とティエンロン王国由来の三節棍道場か。

鎖鎌は鎌と分銅を鎖で繋いだ武器で、三節棍は短い棒3つを繋いだ武器だ。

俺はどっちも使ったことはないが、鎖鎌使いとは一度戦った経験がある。

東方系流派同士で仲が良いのか……それよりライバル意識があるのかもな。

〝世界の果ての壁〟を隔てた向こうの国とはあまり交流がないが、旅人が皆無というわけではない。

〝世界の果ての壁〟にある危険な交易路を抜けてくるような戦士は当然ずば抜けた達人であり、そんな彼らが使う東方の武術に魅せられる者は多い。

彼らから教えを受けた戦士が活躍し、さらにその戦士に弟子入りする者が現れる。東方系流派の道場が辺境ゾルタンにまであるのはそういうわけだ。

実際のところ強さは使い手次第で、ヒスイ王国やティエンロン王国の武術がこちらの武術より必ずしも優れているとは思わないけれど。

とはいえ見物する分には、他国の武術というのはとても興味深く面白い。

三節棍側は両端の棍を持ち、武器を体に寄せるように構えている。

鎖鎌側も間合いを隠すように、鎌と分銅の部分を持って構えている。

どちらもリーチの長い武器だが、リーチをひけらかすことはしない。

一気に打ち込みたいところだが、あの構えからリーチを活かした攻撃が飛んでくるのだろう。

「おいおい見物するなら料金払ってくれ」

「あ、悪い。客じゃなくて仕事で来たんだ」

「あはは、冗談だよ、レッドさんよく来てくれた」

俺に話しかけてきたのは闘技場の管理をしている白髪の目立つ職員。

リットの言っていたジョーだ。

「ほらベンチに座って、試合を見ながら商売の話をしようか」

ジョーはベンチに座り、井戸水の入ったコップを差し出してくれた。

俺は礼を言ってから隣に座って一口飲む。

冷たい井戸水が汗をかいた体に染み渡る。

試合の方は鎖鎌側が踏み込んだ瞬間、横薙ぎに三節棍が振られ頭に命中していた。

「へぇ、手元からあそこまで間合いが伸びるのか」

「面白い武器だろ？」

ジョーは闘技場のスタッフとして色んな試合を見てきた人だ。

「鎖鎌って武器もなかなか面白いぞ」

今度は鎖鎌の分銅が相手の脛を強烈に叩いた。

実戦なら片足が使えなくなってもおかしくないが、マーシフルポーションの影響で強い痛みを感じるに止まる。

マーシフルポーションの影響下ではダメージはあるが身体能力は大きく低下しないのだ。

まだまだお互いの技を競い合うことができるだろう。

実戦と同じルールでも試合は試合だ、実戦とは違う。

だからこうして楽しく見てられるのだろう。

＊　　＊　　＊

「俺の店で用意できそうな数はこれくらいかな」

「レッドの店は用意できると言ってくれたものはしっかり用意してくれるから助かるよ」

ジョーは嬉しそうに言った。

俺は魔法が使えないからマジックポーションは作れない。

緊急の場合は闘技場が別に依頼する魔術師ギルドの学生と一緒にポーションを作ることもあるが、基本的にはコモンスキルだけで作れる薬を納品している。

なので闘技場で一番必要なマーシフルポーションは用意できないが、戦いに必要な薬は色々と用意できる。

注文リストには、傷薬に止血剤や痛み止め、気つけ薬にモンスターを大人しくさせるのに使う鎮静剤各種、それに闘技場の整備に使う除草剤も2瓶入っている。

頻繁に注文が来るわけではないが、俺とリットの2人でやっているお店であるレッド&リット薬草店にとって闘技場は大口のお客さんだ。

「それじゃあ明後日納品しに来るよ」

俺はそう言って立ち上がった。

試合は三節棍側が勝ったようだ。

今は勝者が倒れた相手を抱き起こし、お互いの健闘を称え合っている。

観客からは拍手が起こり、2人は客席ベンチに向かって頭を下げると退場していった。

面白い試合だった。

＊　＊　＊

夕方。

「いってらっしゃい」

「ああ、いってくるよ」

こうして言い交わすのも日常となった。

さすがにもう照れたりはしない。

「ん」

リットが両手を広げた。

何だ……あ、そうか。

「……いってくるよ」

俺はリットのハグを受け入れる。

「こんなことならジョーさんの話は伝えない方が良かったかな？」

「2人の店が繁盛するのも、2人の幸せだろ？」

「うん！　そうだよね！」

一緒に暮らし始めてからもうすぐ1年経つが……やっぱり照れるものは照れるな。

リットを離し、俺は家を出た。

遅い時間だが、闘技場に納品する薬の材料となる薬草を山へ取りに行くためだ。

夜に山へ到着し、それから一泊して薬草を集め明日の夕方には店に戻る。

それから調合。明後日に作った薬を納品だ。

闘技場は大口のお客さんだから週末の大会に間に合わせるため、たまには頑張ることにしたのだ。

「それにしてもリットと暮らし始めてから1年か……」

思い返せば色々なことがあったな。

2人の1周年はもう再来週だ。

何か用意しないとな……そのためにも闘技場からの依頼をこなしてお金を貯(た)めないと。

よし、やる気がさらに上がってきた。

「レッドじゃないか、まさか今から外に出るのか？」

ゾルタンの城壁の門番をしている衛兵が俺に声をかけた。

「ああ、山へ薬草取りにな、明日の夕方には戻ってくるよ」

「はー、なんかえらく気合入っているな。嫁さんに尻でも叩かれたのか？」

「はは、もうすぐ一緒に暮らし始めて1年なんだ。尻なんて叩かれなくても、リットのためならこれくらい余裕で頑張れるさ」

「かー、仲良くていいなぁ、俺も可愛(かわい)い嫁さんが欲しいぜ」

門番の嘆きに笑いながら、俺はゾルタンを後にした。

＊　　　＊　　　＊

綺麗(きれい)な月が夜空に浮かんでいた。

今日の山は賑(にぎ)やかだ。

草木の陰では夏の虫達が大騒ぎをしている。

あの小さな体からこれほどの音が出ることが不思議で面白い。

虫達はこの音で恋人を誘うのだというが、虫というのも中々洒落た習性を持っているものだ。

大型虫タイプのモンスターではこの音は出ない。

「なんて思ってたら出るんだよな」

虫の音が止まった。

静寂の中をバリバリと木々が押しのけられる音がした。

夜の闇を切り裂き、黄色の光が近づいてくる。

「珍しいな」

黒く細長い虫……だがその大きさはよく成長した灰色熊並の巨体。

フラッシュビートル・ビーストイーター。

大きく発達した下顎は肉食の性質を隠すことなく誇示している。

あれでホタルの一種なのだから、大型虫タイプのモンスターは度し難い。

「生息域はもっと森の奥のはずだが、夏の夜だとこういう遭遇もあるか」

俺は剣の柄に手を置いた。

次の瞬間閃光が弾けた。

普通のホタルの柔らかい光とは違う暴力的な光。

これで相手の視力を奪って動けなくなったところを襲いかかるのがこの大型虫の戦術だ。

分かっていたとしても光を避けることは難しい。

警戒して目を閉じれば結局視界を奪われたのと同じことだ。

だから逃げるのがベスト。

「……？」

フラッシュビートル・ビーストイーターは頭を傾げ、触覚を動かしている。

閃光が起こった瞬間、俺はフラッシュビートル・ビーストイーターの触覚の感知範囲外へと一気に離れた。

あの虫の閃光は自分の視界も塞ぐ。それを補うための触覚が空気の振動と匂いを察知するのだが、その範囲はおよそ20メートルだ。

最初から背を向け、閃光が起こった瞬間走り出せば十分範囲外へ脱出できる。

取り残されたフラッシュビートル・ビーストイーターはキョロキョロと頭を動かし俺を捜しているようだったが、やがて諦めると森の奥へ消えていった。

「被害を出したわけでもないし、それに倒してもキリがないからな」

ここまで出て来るのは珍しいが、この山の奥にはああいうモンスターがたくさんいる。

ここで倒したところで、人間にもモンスターにも影響はない。

そして、今日の俺は薬草を取りに来たんだ見逃そう。

ホタルの光は、夏の虫の鳴き声のように恋人を探すためにも使われるそうだ。

「もしかしたらあいつにも帰りを待っている恋人がいるかもしれない」

だとしたら野暮はやめよう。

勇者のパーティーではない薬屋のレッドにはモンスターを倒す義務なんてないのだ。

そういえば去年はアウルベアを見逃していたな。

あの時と似ているようで、心境は結構違うことに俺は気がついた。

アウルベアの時は、人を救うという役割から自分は外れたのだから戦うことは自分の役割ではないという気持ちがあった。

それが間違っていたとは思わないし、今も俺がやらねば誰がやるというような思い上がりはしないようにしている。

だが、結果的にあそこでアウルベアを見逃したせいで大きな騒動になってしまった。

実際に俺が手を出さなくてもアルベールだけで倒せてはいただろう……だが『火術師』ディルの不用意な援護により山火事になってしまった。

今の俺だったら……倒していたかもしれない。

リットと再会し、一緒に暮らしてきたことで俺もあの頃とは考え方が変わってきた。

ギデオンだった頃の心と、レッドになった最初の頃の心、その2つのバランスが良くな

った と思う。

何せレッドという男はずっと導き手としての人生しか生きていなかったのに、急に生きる目的を失って、スローライフのやり方も分からないのに無理にスローライフをしようとしていたのだ。

傷つき、ボロボロだった。

今の俺があるのもリットが俺を支えてくれたからだ……リットと再会してからの1年は、俺にとってかけがえのない時間だった。

「ゾルタンに来て良かったな」

夏の森の木陰に座り、再び騒ぎ始めた夏の虫の音色を聞きながら、俺はそう思っていた。

* * *

翌日。

俺は薬草を集めていた。

目標は昼までに予定量採取すること。

昨晩以来モンスターに襲撃されることもなく、カゴの中には順調に薬草が集まっている。

魔獣タイプのモンスターからは襲われなくなった。

彼らは結構賢いので、俺が危険な相手であり、そして自分から仕掛けなければ襲ってこないと理解したのだろう。

古代人の遺跡……勇者管理局の入り口付近には良い薬草が生えている。

同時にキマイラの生息地でもあるのだが、1年前に散々やっつけたせいで襲われなくなり、そして今では俺が来ても気にせず昼寝をしている。

キマイラは獅子の頭の両隣に、ヤギと竜の頭が生え、尻尾の部分には蛇の頭が生えているモンスターだ。合成獣タイプの魔獣の代表格と言っていいだろう。

俺が邪魔だと声をかけると素直に移動するので問題はないのだが、なんというかキマイラは神経が図太いらしい。

戦っているだけでは分からない発見だ。

「見ているくらいなら手伝ってくれても良いんだぞ」

若いキマイラ……多分人間で言うと10代後半くらいのヤツが、俺が薬草を集めているのをじっと見ていたのでそう声をかけてみた。

言葉は通じないはずだがニュアンスが伝わったのか、キマイラは自分の近くの薬草を口で引き抜くと……ヤギの頭がパクリと食べた。

「おい」

「めぇ……」

ペッと吐き出した。

まずかったらしい。

「いやそんな目で見られても」

恨みがましそうなヤギの頭を見て俺は笑った。

それからキマイラは立ち上がる。

こちらをチラチラ見るのでついていってみると、石の陰に薬草が固まって生えているところへ案内された。

良いやつじゃないか……多分、食べ物としては価値がないと分かったから教えてくれたんだろうな。

同じキマイラでも個性がある。

俺は案内してくれたキマイラに礼を言うと、薬草採取のためにしゃがんだ。

キマイラも寝そべると、また俺の作業をじっと見だした。

何が面白いのやら……だがもし加護がなければ人間と魔獣はもっと仲良くやれていたのかもしれない。

加護レベルに差があってお互いに戦う理由のない俺とキマイラの間には、平和な時間が流れていたのだった。

＊　＊　＊

夕方。

ゾルタンに戻った俺は作業室に入って薬草をすり潰していた。

「お店閉めてきたよー、手伝おうか？」

リットが扉を開けて言った。

その手にはお茶の入ったコップが握られている。

「ありがとう、でもここらへんの作業は全部スキルが作用するものだから1人でやるよ」

俺はリットからコップを受け取りながら言った。

「うー、残念。私も初級調合スキル取ろうかな」

「あはは、気持ちは嬉しいけどお互いもう加護レベルが上がる機会なんて滅多にないだろうし、同じコモンスキルでも日常的に役に立つスキルの方がいいさ」

俺はお茶を飲んだ。

程よく冷めていてこれならグビグビと飲める。

作業で喉の渇いていた俺にはちょうどいい温度だった。

「……もし暇なら隣に座っていてくれないかな」

「隣に？」

「ああ、昨日一晩リットと別々に過ごしたから話したいことがたくさんあるんだ」

「ふふ、私も同じこと思ってた」

たった一晩。

２人が一緒にいなかった時間はそれだけだ。

だけど話したくなることはたくさん。

俺が山で見たこと、リットがゾルタンで見たこと、お互いに共有したい体験がある。

リットは丸椅子を持ってきて俺の隣に座る。

俺は薬草をすり潰す作業を続けながら、２人の体験を共有していったのだった。

＊　＊　＊

そして週末。

ゾルタン闘技場でタイトル戦が行われる日。

「頑張れキーロウ！　相手はチビスケだぞ！」

「負けるなブータ！　そんなモヤシみたいなの楽勝だぞ！」

現在行われているのは年少の部。

大声で応援しているのは選手の親だろう。

当の子供達は苦い顔をしている、苦労しているんだろうなぁ。

「2人ともがんばれー」

ルーティが落ち着いているがよく通る声で言った。

親の叫び声よりも不思議と強い力がある。

選手達はルーティの方を見た後、相手の顔を見て白い歯を見せて笑ってから表情を引き締め試合を始めた。

うん、お互いのびのびと技を競い合う良い試合だ。

「ルーティが出るのは年少の部の最後か」

「うん」

「それまでは一緒に試合を観られるな」

「うん、楽しい」

俺、ルーティ、リット、ティセ、うげうげさんはベンチに並んで座って試合を観戦していた。

うげうげさんは友達が出ているようで頭に鉢巻、両腕に小さな旗を持って応援している。

「え、違う？　友達じゃなくて友達の飼い主だって？」

出場するのはうげうげさんの隣に座っている犬の飼い主らしい。

犬も尻尾をブンブン振り回して応援している。

うげうげさんと犬も大会を楽しんでいるようだ。

「この日のために準備してきました」

そう言ったのはティセ。

今日は表情が違う、僅かな差だけど。

何を準備してきたのかと言うと……。

「ちくわパン市場デビューの日です」

ティセが自慢げに食べているのは、ティセが作っていた謎パンであるちくわパン。

何がどうなったのか分からないが、ゾルタンのパン屋に気に入られたようでこの大会の日に闘技場前の屋台で販売されることになったのだ。

一体何をやっているんだろうこの暗殺者は。

だが闘技場を見渡せば結構ちくわパンを食べている人がいる。

反応は上々のようだ、まぁ普通に美味しかったものな。

とにかくティセもしっかりとゾルタン生活を楽しんでいて何よりだ。

そうこうしているうちにそろそろルーティの出番がやってきたようだ。

「それじゃあ行ってくる」

「ああ、頑張って」

「うん」

ルーティは両手をぐっと握って俺の応援に応えてくれ、控室へと向かっていった。

試合会場では体の大きな少女と背の低い少年が決勝戦を行っている。

どちらも加護には触れていない、純粋な本人の技術で組み合っている。

あの少年がうげうげさんと応援していた犬の飼い主で、２匹とも応援に熱が入り大騒ぎしていた。

試合は少女が体重差を活かして優勢に進めているが、少年も小兵ながら上手くいなして自分に有利な体勢を維持している。

少女が少年を強引に押し潰そうと両腕に力を込めた。

「あ」

思わず声が出た。

少女の力に耐えようと少年が左足で踏ん張った瞬間、その足が払われ少年の体が宙を舞った。

完璧なタイミングの足払いだった。

あの少女は技術もかなり高いな、将来が楽しみだ。

押さえ込まれてしまうと、少年は体重差で為す術なく敗北してしまった。

うげうげさんと犬は悔しそうにうなだれている。

呆然としている少年に少女が手を差し伸べた。

「私に技を使わせるとは大したヤツだ。少年、名を覚えておこう」

「ブータだ」

あの女の子そういうキャラだったのか。

何だかここから2人のライバル物語が始まりそうだな。

うげうげさんと犬は感動した様子でパチパチ拍手を送っていた。

ティセはモキュモキュとちくわパンを食べている。

「あ、今度はルーティが出るみたいだよ！」

リットが言った。

「ああ、ベスト8までと同時に試合するみたいだな」

「それは楽しそうね」

少しの休憩時間を挟み、再び子供達が試合会場にあらわれた。

「続きまして、年少の部で活躍した子供達とゾルタンの英雄Bランク冒険者ルーティ・ルールによるエキシビションマッチです！」

司会のアナウンスの後、ルーティが登場した。

「おおっ!!」

会場が沸いた。

ルーティが闘技場に参加するのはこれが初めてだ。

エキシビションとはいえ、ゾルタンの英雄がこの場に立ち戦いを見せるのだから期待に沸き立つのも当然だ。

闘技場に立ったルーティが身につけているのは、いつもの服ではなく冒険者が鎧の下に着るような一般的な野外服だ。

厚めの生地で作られており結構頑丈だが、組み討ちにおいては相手がしっかり掴むことができてしまう服でもある。

「こういう場合、ルーティってどういう試合をすると思う?」

リットがたずねてきた。

「そうだな……」

遊びの延長として子供に勝たせる。

ある程度付き合ってから子供を押さえ込み勝つ。

圧倒的力で勝って子供に大人としての強さを見せる。

こういう場合の大人の対応としては色々あるが……。

「今のルーティならきっとどれでもないかな」

「へぇ!」

子供達がルーティを取り囲む。

しばらくどう攻めるか考えているようだったが、1人の少年が飛び込んだ。

待つのが苦手なのだろう、子供らしくて無謀で可愛(かわい)い攻めだ。

ルーティなら片手で投げ飛ばせるだろうが……ルーティは正面から受け止め技に忠実な形で投げ伏せた。

「今のタイミングで他の子が連係して攻撃するべきだった。正面からでは勝ち目はなくとも、自分に有利な位置から組めば望みはある。ここにいるのは試合相手で連係なんてやったことはないと思うけど、数を活かす戦いを意識して今できる連係を意識して。今投げたのはなかったことにするから、本気でかかってきて」

ルーティの子供達への対応は、真剣に向き合う、だった。

ここにいる子供達は真剣に試合をしていた。

大人達から見たら微笑(ほほえ)ましい試合でも、当人は本気だった。

だからルーティも同じ目線に立ち、雑な投げ方をすることなく正確な技で1人1人倒していく。

最後まで残ったチャンピオンの少女が背後から投げようとしたのを、ルーティが足を掛けて崩した。

これで全滅。

倒れた少女は歯を食いしばり目に涙を浮かべている。

全力で、真剣で、対等な勝負だった。

だから悔しいのだろう。

「見応えのある試合だったな」

お遊び的な試合かと思っていたら真剣な試合を見せられて静まり返っていた会場で、俺は立ち上がると拍手を送った。

「うん、ルーティも子供達も本気で、すごく楽しい試合だったね」

リットとティセも立ち上がって拍手を送った。

遅れて他の観客達も立ち上がって拍手を送る。

「いい試合だったぞ！」

「将来が楽しみだな！」

悔しさと嬉しさの入り混じった表情で子供達は退場していった。

あの子達は加護に触れていない。

この拍手はすべてあの子達自身へと送られたものなのだ。

そしてあの子達の実力を引き出したルーティへ送られたものだ。

戦いにおいて、相手の１００％以上の力を引き出す必要などどこにもない。

相手に力を発揮させず勝つのが当然の考え方。

殺し合って強くなる加護とは違う、人間同士の試合だからこそこの試合は素晴らしいものになったのだと俺はそう感じていた。

＊　　＊　　＊

年少の部が終わり、大人の部が始まるまで昼食休憩の時間になっている。

「ルーティお疲れ様」

戻ってきたルーティに俺は労い(ねぎら)の言葉をかけた。

ルーティはいつもの服に着替え、リラックスした様子で俺の隣に座った。

「頑張った」

「ああ、ルーティはよく頑張った」

「うん」

ルーティは褒められて嬉しそうだ。

「いい試合だったよ、私も拍手しちゃった！」

「はい、子供達はみんな一生の思い出になったと思います」

リットとティセもそう言ってルーティを褒める。

うげうげさんも旗を振っていた。

「ありがとう」

ルーティは笑って答えた。

少し目を伏せているのは照れているからだ。

勇者への称賛とは全く違うこういう称賛にはまだ慣れていない……いや褒められて心が動くということに慣れていないのだろう。

ルーティは勇者によって奪われていたものを取り返しつつある、それはとても嬉しいことだ。

「ルーティ!!」

大きな声がした。

「ヤランドララ」

「いい試合だったわよルーティ！　私も燃えてきたわ！」

ヤランドララはルーティに抱きついてルーティの試合を称えている。

これにはルーティも照れて……いやちょっと迷惑そうだな。

「まぁまぁヤランドララ、そのへんで」

俺はやんわりとヤランドララを引き離す。

ハイエルフは感情が高ぶると友人へのスキンシップが激しくなるので仕方がないのだが、ルーティの困惑はリットとティセにも伝わっているようで。

「「あはは」」

2人とも楽しそうに笑っていた。

＊　　＊　　＊

昼食休憩が終わり、大人同士の戦いが4試合行われる。

ヤランドララは4戦目、最後の試合。

ゾルタン闘技場のチャンピオンを決めるタイトル戦だ。

武器は飛び道具までなんでもあり、魔法で身体強化するのもあり、そして体重制限はなしの無差別級。

一番実戦に近い自由なルールであり、どの町でも一番人気がある。

「勝者！　ポール！」

直前の第3試合が終わった。

この試合は実力に差があったな。

槍（やり）使いポールのファンは盛り上がっていたが、試合内容は盛り上がりに欠けるワンサイドゲームだった。

「続きまして、本日最終試合！　ついに来ました最強の挑戦者！」

ヤランドララが登場してきた。

「ハイエルフの旋風拳！　ヤランドララ!!」

へぇー、そんな通り名がついたのか。意味はよく分からないけど。

ヤランドララはバンデージを巻いた両手を掲げ観客にアピールしている。

俺とリットは応援しようとするが……。

「ヤランドララ!!」「ヤランドララ!!」「ヤランドララ!!」

一斉に起こる歓声。

「らら〜♪」

続いてヤランドララが歌い出した。

「いぇい！」「いぇい！」「ヤランドララ!!」

観客達が足踏みでリズムを取った後、ヤランドララの名前を叫んでポーズ。

「なにそれ知らない」

闘技場に馴染(なじ)みすぎだ。

そりゃチャンピオンと試合するくらいだから何度も試合してたんだろうけど……。

「ヤランドララってこういう感じなんだ」

「とても驚いた」

「全力で闘技場楽しんでいるね」

俺とルーティとリットは応援することもできず驚いている。

ティセとうげうげさんは知っていたようで完璧な応援だった。

「ゾルタン闘技場ファンの間では、ヤランドシェイクは常識ですよ」

「なにそれ知らない」

同じ言葉をまた言ってしまった。

いつの間にそんなことに。

そしてノリノリのヤランドララを迎え撃つのはゾルタン闘技場のチャンピオン。

「待っていたぞチャンピオン！　大槌（おおつち）使いのボルガ!!」

両手持ちのウォーハンマーを持った『重武器使い』大槌使いのボルガ。

上半身の巨大な筋肉を太く短い足が支える巨漢の戦士だ。

彼が〝虎心〟ジャンカンを倒し長年君臨するゾルタン闘技場チャンピオン。

ちなみに冒険者ランクはC。

武器や魔法を使えばヤランドララが勝つに決まっているが。

「だけどヤランドララは素手のみで、武技も魔法もなしでしょ？」

「それに組技で相手の武器を使えない状況にするのも自分で禁止にしているらしい」

ヤランドララの加護は『木の歌い手』。

植物と会話し力を借りる加護。

分類としては精霊使い系加護の一種で、ある程度は前衛もこなせるが真価は精霊魔法だ。

そしてヤランドララは接近戦ではクオータースタッフを使うように加護のスキルを習得している。

魔法を縛り、さらに素手での戦闘では加護の恩恵はほとんど受けられない。

そもそも武器を相手に素手で戦うことには、加護のもたらすスキルが不可欠だ。

当然の事実ではあるが、武器は拳より強い。

「冒険者としてのボルガはそこまで強くはないが、この闘技場では中々侮れないぞ」

実戦と試合は違う。

そしてボルガは冒険者としての成功よりも、闘技場での成功を目指して加護のスキルを取ってきた戦士だ。

さらに『重武器使い』という加護の欠点である遠距離攻撃手段の乏しさと、数による飽和攻撃に対抗できる防御手段がないことも闘技場のルールでは気にならない。

ボルガが実戦ではなく試合を自分の生きる道として選んだのも、自分の加護の特性を理解してのことだろう。

自分の加護を活かせないヤランドララと自分の加護を活かしたボルガ。

勝負は分からない……かもしれない。

「そうは言ってもヤランドララだからねぇ」

「うん」

リットとルーティはまったりとした表情でポップコーンを食べていた。

「これ美味しい」

「バターが効いてる」

2人とも満足そうだ。

選手入場も終わりボルガとヤランドララの試合が始まった。

「ヤランドララ頑張れー！」

俺は手を振ってヤランドララを応援する。

ヤランドララは俺を指差して応えた。

観客達はファンサービスだと思ったようで盛り上がっている。

近くに座っていたおじさんがわざわざ俺のところまでやってきて「良かったな！」と言って肩を叩いていった。

「すごい人気だな」

「うん、こんなことになってたなんて」

俺とリットは呆気にとられている。

「あ、ヤランドララが仕掛けましたよ」

ティセとうげうげさんが身を乗り出して言った。

だが最初に攻撃できるのはボルガの方だ。

素手と両手持ちのウォーハンマーではあまりにリーチが違いすぎる。

振り下ろしたウォーハンマーをくぐり抜ける左へのステップイン。

だが振り下ろされたボルガのウォーハンマーがヤランドララの頭を狙って素早く跳ね上がった。

「おっ、ボルガもやるな」

ボルガの左手がウォーハンマーのヘッドの近くへと移動している。

近距離戦に対応するためのテクニックだ。

あの攻撃でも加護によるスキルなしに腕でブロックしたら相当なダメージを受けてしまう。

武器を相手に素手で挑むのは簡単なことではない。

「とはいえ」

ヤランドララは上半身を後ろにそらしながらかわす。

同時に左拳がボルガの右脇腹に突き刺さった。

あの体勢から武技も使わず強力なパンチが打てるのは格闘センスの良さのあらわれだ。

「加護は『木の歌い手』でも、ヤランドララの戦闘センスは接近戦寄りだな」

「間合いの感覚が抜群なんですよ」

俺の言葉にティセがうんうんと頷(うなず)いて答えた。

「一度ガチバトルした私が言うんだから間違いありません」

「ティセですら仕留めきれないんだから大したもんだよな」

怯んだボルガへ、ヤランドララは猛烈な連打を浴びせている。

加護の乗らない拳では威力が足りず、またマーシフルポーションの影響で脳震盪なども起こらない。

なので、ヤランドララは何度も何度も拳を浴びせる。

相手には反撃する余地があり、ヤランドララはそれを紙一重でかわす。

なるほど、これは盛り上がる試合だ。

ヤランドララが人気になったのも分かる。

うげうげさんもヤランドララの真似をして前脚をピョコピョコ動かしている。

熱狂と歓声の中、ヤランドララは楽しそうに試合をしていた。

試合は見事ヤランドララの勝利で終わった。

＊　＊　＊

「ヤランドララ、チャンピオンおめでとう！」

「「おめでとー！」」

俺とリット、ルーティ、ティセはヤランドララに拍手を送る。

テーブルの上にはローストチキンと海魚のパイ。

スープはサツマイモ(スイートポテト)のポタージュ。

新鮮な生野菜のサラダには、同じく新鮮な野菜から作ったドレッシングがかかっている。

パンはふかふかの白パン。果実などは入れていない素朴なパンだが妥協なく上質のバターを使った。

デザートにはカスタードプディングを用意している。

ドリンクは搾ったばかりのフルーツミックス。

高価ではないが美味しいワインも市場で買ってきた。

「こんな美味しいご馳走(ちそう)用意してくれるなんて、それにみんなもお祝いしてくれてありがとう!!」

ヤランドララは本当に嬉しそうに笑っている。

大会が終わった後、俺達はヤランドララのためにささやかなパーティーを開くことにした。

「しかし本当ヤランドララはすごいな」

本心からの称賛だ。

そりゃ俺だって素手での戦いに興味がないわけではない。

野営中、ダナンから武術の理論を聞くのも楽しかった。

運動として格闘術を試すこともある。

だが、闘技場で優勝するほど極めようとは思わない。

もちろん俺でも多少の被弾を気にせず相手を摑み、加護レベルの差で押しつぶすような戦い方なら勝てるだろうが、それでは何も面白くない。

実戦とはかけ離れた自分の興味への挑戦という意味での戦い。

ダナンの言っていた〝ヤランドララは平和と闘争が同時に存在できるタイプ〟という言葉が思い出される。

ヤランドララの戦いはダナンのように強さを求める戦いとは違う。

俺がスローライフを楽しむように、ヤランドララは挑戦を楽しんでいるのだ。

「レッドも闘技場に出ない？　いつかベルトを賭けて勝負しようよ！」

ヤランドララは目を輝かせて誘うが、俺には応えられそうにない。

「だったら剣でもいいよ、私も剣で戦うから」

「ここから剣まで極めるつもりなのか……一応俺は正体隠してスローライフをしている薬屋さんなんだぞ」

本当にヤランドララは趣味に全力だ。

「残念、挑戦者の予定もないししばらくは船造りに専念だね」

「船造り……あっ、そういえばそんなことも言ってたな」

「闘技場のチャンピオンになったその日に別の趣味の話って、本当ヤランドララは多趣味ね」

リットも少し呆れたようだ。

ここにいるのは皆結構な多趣味な人達だと思うのだが、ヤランドララは群を抜いているな。

「まぁ明日は商人ギルドもお休みだし、動き出すのは来週か？」

「それなんだけど私いいこと思いついたのよ」

「いいこと？」

「よく考えたらこのゾルタンには最新鋭の船があるじゃない！」

「「「最新鋭の船？」」」

俺、リット、ティセの3人は同時に首を傾げた。

ルーティだけは思い当たった様子で「おお」と驚いている。

「一体何のことなんだ？」

ゾルタンは街道の果ての辺境。

ここまで交易に来る船は少なく、海運が栄えてなければ船の技術も発達しない。

技術を知っている人間が流れてくることはあるかもしれないが、最新鋭の船を造る設備はないし、最新鋭の船がやってくることもないはずだ。

「ほら、レオノール王妃が船団を率いてやってきたじゃない？」

「ああ、大変な騒動だったし、その後も座礁した魔王の船ウェンディダートを手に入れるため勇者ヴァンがゾルタンにやってきたりと大変だったな」

終わってみれば良い思い出だが、騒動中は危ない橋を何度も渡ったなぁ。

「あ、そうか」

リットが声を上げた。

なるほど、俺も思い当たった。

「あの戦いでルーティがヴェロニアのガレオン船を沈めていたな」

「そう！」

俺の言葉にヤランドララは頷いた。

「あのガレオン船は今も海底に眠っているわ。沈んだ船の構造を詳しく調べれば私の船の参考になるはずでしょ」

「なるほどな」

「ということで明日はダイビングね！」

「え」

昔からそうだが、ヤランドララの熱意についていくのは大変だ。

「今年の夏は水着が大活躍ね」

「まぁゾルタンの夏は長いし、せっかくだから楽しもうか」

大変だが、明日は楽しい一日になりそうだ。

「ヤランドララと一緒にいると退屈しないね」

リットも明日が待ち遠しいと笑っていた。

幕間（まくあい）

針路は西へ

半月前、東の海。

ヒスイ王国の戦船（いくさぶね）が魔王軍の軍艦4隻に追われている。

特徴的な大弓を引き絞り、ヒスイ王国の侍達は軍艦へ向けて矢を放った。

長年魔王軍と戦い続けてきたヒスイ王国の侍達は、強大な軍艦相手に果敢に戦っている。

だが造船技術において両者には大きな格差があった。

ヒスイ王国の戦船はメインマスト1本のみの櫂船（かいせん）。

対して魔王軍の軍艦は、3本のマストに加えて蒸気エンジンで動く外輪機帆船。

魔王の船ウェンディダートのような鋼鉄の戦闘艦ではなく通常の船に内燃機関を搭載しただけのものだが、人類が到達したどの船舶よりも高性能だ。

そして船を指揮するのは、エスカラータに敗れ失脚した水のアルトラに代わって魔王軍四天王となった水のマドゥ。

海戦と上陸戦の経験豊富なアスラの将軍だ。

「姫様、追いつかれます!!」

侍の叫び声に応じ、ヒスイ王国の着物を着た女性が立ち上がる。

女性は両手を交差し印を組んだ。

「災禍暴風陣!!」

海面から竜巻が巻き起こり、３隻の軍艦を引き裂いた。

沈没に巻き込まれないよう残った軍艦が後退していく。

「おおお!!」

侍達から歓声が、魔王軍からは悲鳴が聞こえた。

「はぁはぁ……」

魔法を使った女性は力尽きた様子でよろめいた。

それを黒装束を着た12歳くらいの少女が支える。

「あまりご無理は……」

「戯けたことを言うな……魂魄だけになったとしても妾は『勇者』のもとへたどり着かねばならん！」

越えられぬはずの海を越え、船が向かうは辺境の都市国家ゾルタン。

この奇跡は必然である。

『勇者』に救いを求めることはデミス神の作ったルールなのだから。

第二章　遠い海からの来訪者

翌日。

俺達は港で船を借りて海へと向かっていた。

1本しかないマストには1枚の大きな四角帆が張られている。

帆の操作は帆に結ばれた2本のロープを引いて行うようになっている。

順風だと速度はでるが逆風に弱い。少々型の古い船だ。

「少々どころか私が船乗りだった頃でも時代遅れだったわよ、このタイプ」

ロープで帆を操作しているヤランドララが言った。

「借りられそうな船が全部出払っていたからなぁ、でも手漕ぎボートで行くよりマシだろ？」

「もちろん！　古い時代の船があったからこそ現代の船がある。最新鋭の船を知る前に昔の船を知ることも意味あることだわ」

風を受けて帆が大きく膨らんでいる。

急に予定を立てたのにも拘わらず、今日は航海日和だ。

今は夏の後半。

白い雲が流れる空の下を小さなオンボロ船が進む。

ゾルタンのうだるような夏の暑さも、海の上だと心地よく感じる。

この爽やかな雰囲気のせいだろうか？

「レッド、右へ10度！」

「了解」

俺はオールを使って船の進路を変える。

この小型船には舵がない。

帆の操作で調整しきれない場合は、今のようにオールで漕いで曲がるのだ。

「海」

「海ですねぇ」

ルーティとティセは2人並んで日傘の下でサングラスをかけて海を眺めていた。

ティセの頭の上でうげうげさんも小さなサングラスのようなものを頭にのっけている。

「まぁ周りには海しかないからな」

海の上だから当然だ。

振り返ればゾルタンの海岸が見えるが、それも随分距離が離れている。

「色々冒険してきたけれど、そういえば海の上が目的地ってのは初めてかもな」

「たしかに船は陸を目指して航海するものね」

リットが言った。

勇者パーティーとして冒険を続けていれば、海底に眠る神殿なんてシチュエーションもあったかもしれないな。

「空を飛んだんだから、海に潜る冒険もあったっておかしくないよな」

「ルーティは風のガンドールとの戦いで空を飛んだんでしょ？」

「うん、ガンドールの城は空にあったから、私達も空を飛ばないと戦えなかった」

「雷竜（ライトニング・ドラゴン）が力を貸してくれたんです」

「ドレイクではなくドラゴンの背中に乗って戦う。うーん、冒険者なら憧れる夢のシチュエーションだな」

ドレイクと違ってドラゴンは言葉も話すし人間以上に賢く文化も持っている。

老鉱竜大学（ろうこうりゅうだいがく）ではドラゴンが人間に学問を教えているし、雷竜院（らいりゅういん）では雷竜（ライトニング・ドラゴン）が法学者として各国の問題の仲裁を行っている。

賢い彼らは人間を背中に乗せるということはしない。

まぁ例外として輝竜（ラディアント・ドラゴン）は子供なら背中に乗せる。

あれも人間の感覚で言うなら、子供なら背中に乗せて遊んであげてもいいが、大人から馬のマネをしろなんて言われたら怒るようなものなのだろう。

まぁ……ここらへんが輝竜(ラディアント・ドラゴン)がロリコンドラゴンやショタコンドラゴンと呼ばれる理由の1つなんだろうな。

彼らの名誉のために補足すると、彼らは努力し成長する者を愛する性質があり、そのため人間の子供が冒険する時に後援者となることが多いのだ。

「雷竜(ライトニング・ドラゴン)の背に乗って魔王軍のワイヴァーン騎兵達が守る城に攻め込む……平和な時代になったら芸術家達がこぞって描くシーンになりそうね」

「でもそのシーンにお兄ちゃんがいない」

ルーティは不満そうだ。

俺は最初に戦った土の四天王を倒した時点でパーティーを抜けたから、風の四天王とは戦っていない。

「絵画でも戯曲でも詩でも、お兄ちゃんがいた方が盛り上がるはず。多少の脚色くらい許される」

「いやいや、たまにルーティは危ういこと言うなぁ」

「「たまに？」」

ティセとリットが首を傾(かし)げていた。

「さあ、話している間にもうすぐ着くわよ！」

ヤランドララが声を張り上げた。

目の前に広がるのは変わらない海。

海上からでは沈んでいる船は見えない。

「本当にここなのか？」

「ええ、間違いないわ」

さすが伝説の妖精海賊団のライバルだった武装商船団の元船長。

俺もここらへんだったかなという記憶はあるのだが、何の目印もない海の上で正確な位置は分からない。

「リットは分かる？」

「私も全然、そもそも私は内陸国の出身で海には詳しくないもん」

リットは海を覗き込みながら言った。

「私も海の中にいる相手を暗殺する任務は受けたことないです」

ティセとうげうげさんもリットの隣で海の中を覗き込む。

サングラスをかけたままだから余計に見えないだろうな。

「それじゃあ潜る準備をしましょう！」

今回の沈没船見学ツアーではヤランドララがリーダーだ。

俺達はヤランドララの指示通りに準備を始めた。

「水中呼吸（ウォーターブレッシング）、そして泳力強化（ギフトオブドルフィンパワー）」

ヤランドララの魔法が俺達全員にかけられる。

「さらに延長（エクステンド）の魔法もかけて、効果持続時間は3時間と12分」

「さすがヤランドララ、すごい効果時間だな」

並の魔法使いなら30分程度だろう。

普通水中での冒険では何度も魔法をかけ直すものだ。

「でも何があるか分からないから、みんなマジックポーションと私の空気草（エアグラス）をすぐ取り出せるようにしておいてね」

「了解」

「空気草は使い続けたら5分くらいしかもたないから、海面まで間に合うように呼吸を調整してね。言うまでもないと思うけど、空気草を使う状況になったら海面に戻ることが最優先だからね」

マジックポーションにも水中呼吸が封じ込めてある。

ヤランドララと一緒に昨夜作ったポーションだ。

そして空気草は魔法の力を使わない呼吸手段として用意した。

モンスターの中には魔法を打ち消してくるものも少なくない。

持続時間は十分あると甘く見て、いきなり魔法を打ち消されて溺れるなんて状況は避けなければならない。

ヤランドララの魔法を打ち消すなどできるとは思えないが、その万が一が起こったから死にましたでは取り返しがつかない。

さらに魔法を無効化する結界を張るモンスターも極稀にいる。

これらはそういう状況のためのアイテムだ。

「私達がどれほど強くても、水中で呼吸ができなくなったら私達は死ぬ……まぁルーティは『勇者』のスキルを使えば呼吸も必要ないけど」

「最悪の状況なら私がみんなを運ぶ」

ルーティは任せてほしいと自分の胸を叩いた。

『勇者』の耐性をすべて使えば呼吸すら必要ない。

ただルーティ曰く、呼吸しないと違和感があるそうだ。

「加護が呼吸を必要ないといっても人の体は呼吸しながら動くようにできている。食事や水が必要ないこととは違う」

「そうだなぁ、俺も剣を扱う時は呼吸を意識しているからな」

剣術ではタイミングで呼吸をするというのが大切だ。

息を吸い、息を止め、息を吐き出す。

剣術においては呼吸1つにも意図がある。

そのため呼吸を止めることができるルーティにも水中呼吸の魔法をかけてもらっている。

「今回は剣もお兄ちゃんとおそろい」

「水中戦だから、ルーティがいつも使っている長剣だと長過ぎるものな」

ルーティはモグリムの店で買ってきた銅の剣を身につけている。

水中では剣を振り回すよりもコンパクトに突いた方が有効だ。

まぁルーティなら水中の抵抗くらい問題なく剣を振り回せるとは思うが、そこは気分的な問題かもしれない。

「それにしても水着の上からベルトつけて剣を佩(は)くって何か変な感じだな」

「結構いい感じだと思うんだけど、レッドはどう思う？」

リットは俺の前でくるりと回った。

着ているのは赤と白のストライプの水着、その腰にはベルトが巻かれショーテルが１本吊(つ)るされている。

ショーテルの形状は水中では向かないと思うが、その不利があっても扱い慣れている武器を選ぶ利点はあるだろう。

それでも水中での二刀流は避けたようだ。

「うーん、そういうのじゃなくてね」

リットは腰に手を当ててポーズを取った。

「こういう格好は初めてだけど、この水着と剣ってギャップが良くない？」

「あー」

確かに日常と非日常が同居する感じのファッションは新鮮かもしれない。

可愛(かわい)い水着の腰の少し上に巻かれたベルトには剣が吊るされ、そのきらびやかな柄(つか)が良いアクセントになっている。

つまりは似合ってるし可愛い。

「私は？」

ルーティも身を乗り出してアピールしてきた。

リットのマネをしてくるりと回ったり、ポーズを取ったりしている。

可愛い妹だ。

「俺もルーティのようなベルトにすれば良かったかな」

ルーティの場合は太ももに2本のベルトを巻いて、そこに剣を差している。

鞘(さや)は水中でも抜きやすいように緩やかな革鞘で、ボタン付きのストッパーで剣が抜けないように固定しているものだ。

俺はいつものベルトのまま、鞘だけ水の中でも抜けるようスリット付きのものに変えている。

「でもレッドの幅広のベルトを水着にあわせるのも格好(かっこ)いいと思うよ」

てくる。

「うん、お兄ちゃんは格好いい」

「そうかな」

リットやルーティを見ていると、俺ももうちょっと服について考えたほうが良い気がしてくる。

店の経営も安定しているし、そろそろ新しい服を仕立てるのも良いかもしれないな。

「うげうげさんも格好いいよ」

俺達がワイワイやっている横でティセとうげうげさんはお互いを褒めあっていた。

うげうげさんは脚に小さなフィンをつけていた。

どこで作ってもらったんだろう？

この間の島への旅行でやたら豊富だったうげうげさんのファッショングッズといい、最近のティセとうげうげさんの交友関係の謎が深まるな。

「ふふっ、綺麗(きれい)な服装だとやる気も出るものね。勇者のパーティーで冒険していた頃は実用性ばかりで物足りなかったわ」

ヤランドララは俺達の様子を見て嬉しそうに言った。

「ヤランドララは冒険中でも身だしなみはしっかりしていたものな」

「ええ、身だしなみを大切にすることは心の余裕を生む。その余裕が判断ミスを食い止めるの、どんな状況でも見栄(みえ)と粋は大事よ」

「なるほどなぁ」

ヤランドララの今回着ている水着は前のとは違う。

前回は胸元をリボンで結んだファッション性重視の水着だったが、今回はしっかりとした実用性重視の水着だ。それでもお洒落に感じるのは、ヤランドララのスタイルの良さによるものか。

「そういえばヤランドララは武器を持っていかないのか？」

「うん、クオータースタッフは水中だと強さを発揮できないから。今回は精霊魔法と植物の力を使っていくわ」

「ヤランドララは取れる選択肢が多くて羨ましい」

さて全員準備ＯＫのようだな。

「それじゃあヤランドララ」

「ええ、楽しい沈没船見学ツアーに行きましょうか」

＊　　＊　　＊

ゾルタンの夏の暑さも海の中には届かない。

肌に張り付いていた汗も流され、今は心地よい冷たさと浮遊感を楽しんでいる。

周囲には色鮮やかな南洋の魚が群れをなして泳いでいた。

「けど……こうして見るとちょっと怖いな」

俺は海底の方に視線を向けて言った。

その方向には何もない。

どこまでも続くような暗闇が広がっているだけだ。

海の中では光が届かないのだ。

地面が存在しないという不安。

人間という生き物は大地の上で生きているのだということを再認識した。

「レッドから怖いなんて言葉を聞けるなんて、連れてきた甲斐があったわ」

ヤランドララは上機嫌だ。

「なんでだよ」

「レッドは中々弱音を吐いてくれないんだもの、怖い時はちゃんと怖いって言ってくれた方が嬉しいじゃない」

「そういうものかな」

するとリットが俺の体を支えた。

「ヤランドララの言う通りよ、レッドったらいつも自分は全然大丈夫みたいな顔するんだから」

「リットには素の自分を見せているつもりなんだけどな」

「もう癖になっているんだと思うよ、レッドの戦い方って自分の弱みを見せないようにして相手より優位に立つみたいなやり方でしょ？」

「あー、それはあるな」

それは『導き手』という長所の無い加護で強敵と戦うために身につけた戦い方だ。

固有スキルを使わないという点を、まだ切り札を見せていないと錯覚させる。

何が起こっても想定の範囲内だという顔をして、これほど頭の切れる相手がまさかもう全力出しきっているとは思わないよう誘導するのだ。

格下相手ならともかく、俺から見ればコントラクトデーモンも、シサンダンも、ガシャースラも、勇者ヴァンも格上で毎回ギリギリの綱渡りだった。

前回のエレマイトも、まさか魔獣変身の宝珠なんて隠し持っているとは思わなかった。

あれと1対1で戦っていたら危うかっただろう。

……あとデミス神は別格だ。駆け引きとかする余地もなく本当にヤバかった。

「夫を支えるのは妻の務め、でしょ？」

「ん……」

不意に言われたリットの言葉に、俺は言葉に詰まって変な声を漏らしてしまった。

でもそうだ、リットとはもう婚約しているのだから、彼女が妻になるのは遠い日ではない。

　そう思うと、俺の体に添えられたリットの手から勇気を与えられている気がする。

「……あと私も怖いからレッドも支えてね」

「分かった、2人で降りようか」

「うん」

　リットが怖いと思っているのは本当のようだ。

　リットの体に触れる俺の手を通して、リットの緊張が伝わってくる。

　俺達はさまざまな冒険をし、恐るべき光景も見てきたが……こんな身近に新鮮な冒険があるとは。

「面白いな」

　俺は思わずそう言った。

　俺達はゆっくりと海の底へと進んでいく。

　ヤランドララの魔法によって海の中でも自由に動けるのはもちろん、水圧にも耐性を与えてくれる……らしい。

　正直に白状すれば水圧による影響について俺はよく知らない。

　今回はヤランドララが頼りだ。

　その意味でも新鮮だ。

「冒険って未知への挑戦だものね」

リットも未知の怖さを楽しんでいる。

「むぅ」

ルーティが唸(うな)った。

「私は怖くないから……悔しい」

「ルーティからしたらそうだろうなぁ」

今のルーティは『シン』のスキルで『勇者』の加護による〝恐怖への完全耐性〟を無効化しているようだが、生まれつき恐怖という感情を体験してこなかったルーティにとって今俺の感じている感情はまだ理解できないのだろう。

恐怖できないことを悔しがるなんて、元勇者くらいだろうな。

そんな会話をしながら、俺達はヤランドララの指示通りに海底を目指して潜っていく。

海面からの光が届かなくなり、視界には深く青い世界が広がっている。

不思議な光景だ。

「ライト」

ヤランドララが光の魔法を発動した。

魔法の照明が周囲を照らす。

「あ、見えてきたわよ」

ヤランドララが指を差して言った。

海底の方に大きな影が見えた。

「ヴェロニア王国のガレオン船だ！」

さすがヤランドララ、場所はピッタリだった。

近づくにつれて段々と明瞭になっていく。

大きな船が海底の砂の中に横たわっている。

船首から3分の1くらいのところで船は真っ二つに裂け、船首と船尾は少し離れたところに埋まっていた。

「ルーティにあっさりぶった斬られて沈没しちゃったけど、こうしてみると圧巻ね」

あの時は見たこともないような巨大船であるウェンディダートがいたのでそちらに気を取られていたが、この船も相当でかいな。

俺はベルトからライトスティックを取り出す。

30センチくらいの真鍮（しんちゅう）でできた棒状のマジックアイテムで、使用すると熱もなく水中でも消えない魔法の火が灯（とも）り照明となる。

材料も安く魔法使いなら誰でも作れ、そのため安価で駆け出しの冒険者にも手の届くアイテムだ。

俺は先端を剣の柄に叩きつけて魔法の火を灯す。

ヤランドララの魔法と違って、水中だと頼りない明るさだが、ここはまだ太陽の光が届いていて完全な闇に閉ざされていない深さだ。

沈没船を見学するのには十分だ。

「船底を見る機会ってあまりないから面白いな」

「うん、図面や造船中のは見たことあるけど、完成した船の底ってこうなってるんだね」

「それに損傷の具合も興味深いな」

俺とリットは船の船尾側に近づき調べている。

ティセとルーティは船首側を、ヤランドララはマストを調べているようだ。

「複雑なマストね、大きさの違う横帆と縦帆を組み合わせている。このマストによって、どんな方向から風が吹いてもこの巨大な船体を推進させられるのね」

「ルーティ様、イソギンチャクが船に張り付いていますよ」

「赤くてプルプルしてる、可愛(かわい)い」

水中でこれだけ離れていても声が届くのは水中呼吸の魔法の効果らしい。

本来なら空気の振動である声は水へ伝わる時に弱まってしまうが、水中呼吸の魔法によって水を空気のように吸い込めるようになっており、その副次効果として声帯で直接水を震わせることができるのだそうだ。

「みんな、ちょっと来て！」

マストを調べていたヤランドララが俺達に呼びかけた。

「どうしたヤランドララ？」

「船室を調べてみない？」

船室か。

「船室の配置も昔の船とは違うものな、参考になると思う」

「それに何かお宝が残っているかも！」

リットもウキウキした様子で言った。

この船に乗っていたのはレオノール王妃が雇った傭兵(ようへい)達だったはずだ。

正規軍の兵士と違って、傭兵は自分で武器を用意する。

レオノールは金に物を言わせて腕の良い傭兵を集めていたようだから、彼らが持ち込んだ物には名のある鍛冶師の手による装備や、ダンジョンから持ち出されたマジックアイテムもあるかもしれない。

「現代では作れないマジックアイテム(アーティファクト級)もあったりするかな！」

「もし見つけたらみんなで宴会だな」

冒険の前にまだ見ぬ財宝を夢見るのは冒険者の楽しみの1つだ。

そんなにすごいマジックアイテムはそう簡単に見つかるものではないが、開けるまではどんなすごい財宝でも宝箱の中に入っている可能性はゼロではない。

「冒険者は未知を楽しむものなのよ」

リットはルーティに言った。

ルーティはなるほどという顔をしている。

本格的な冒険はもうしないが、こういう冒険ならまたやってもいいな。

「お兄ちゃん」

ルーティが剣を抜いた。

「モンスターがいる」

「そうか」

俺とリットはうなずくと、ルーティと同じように剣を抜く。

「ヤランドララ、ここはルーティが先に行くべきだ」

「分かったわ」

今回ヤランドララは精霊魔法をメインに戦う予定だ。

ヤランドララは後衛の位置に下がり、ルーティが先頭、その後ろに俺とリットが控え、ティセとうげうげさんはヤランドララを守りつつ必要なら前衛に割り込めるよう陣形を組む。

「開けるよ」

ルーティが船室への扉を開いた。

ルーティの背後から俺にも部屋の中が見えた。

「……ッ」

部屋の中には傭兵の水死体が4つ浮かんでいた。

水中の生物に食べ尽くされ白骨化しているが、地上で乾ききって白骨化した死体とは違う生々しさが残っている。

ぽっかり開いた眼孔の中にはおびただしい数の小さな蟹（かに）の姿が見えた。

脅威ではない、普通の蟹だ……だが人であった残骸の中で無数にうごめいている姿はおぞましく感じた。

ルーティがゆっくりと部屋の中へ進んだその時。

「ルーティ死体だ！」

俺は警告を発した。

突然死体が動き出しルーティに襲いかかってきた。

人間の泳ぎ方とは異質。

魚のように身をくねらせ、高速でルーティに殺到する。

俺とリットはルーティのすぐ後ろにいる。

だがその間には扉の開いた入り口があり、泳げるルートは限られている。

俺とリットが飛び込むにはルーティ自身が障害物となるのだ。

この場合の選択肢としては、

① 部屋の外へ下がって迎え撃つ。
② その場に留(とど)まって応戦する。
③ 部屋の奥へ進みながら攻撃する。

の3つだろう。

ルーティの考える正解はどれか？

「行くぞリット！」

俺は迷わず部屋の中へ進む。

同時に目の前にいたルーティも奥へ進んでいた。

これが地上なら後退もありだろう。

だがここは水中。

部屋に入るため前へと泳いでいた状態から後ろへと方向転換することで、一手遅れてしまう。

だから、ルーティは泳いできた力をそのまま増して前へと進み、俺とリットが部屋の中へ入れるようにした。

接近してきた死体をルーティは銅の剣で素早く突いた。

だが、やはり水中戦は厄介だ。

地上なら前から襲ってくるのは同時に3体くらいだろうが、水中では上下も含めて自由に行動できる。

前方だけでなく上からも含めた4体同時攻撃。

そこに水中では剣を振り回すという動きを制限され、突きを中心に戦わなければならない。

突きは力強いが突き終わりに隙がある。

複数の相手と同時に戦うには絶え間なく斬り返すことができる斬撃が向く……とされる。

ズン！　と水中に衝撃が走った。

俺の目には同時にしか見えなかった。

ルーティの刺突で動く死体は頭蓋骨を粉砕された。

中に潜んでいた蟹達が水中に放り出され右往左往している。

だが相手は死体。

頭蓋骨を破壊されただけでは止まらない。

次は俺とリットの仕事だ。

「私は右をやるわ！」

「了解！」

俺は左の死体へ接近し、左手を刀身に添えて剣を突き出す。

狙ったのは両手と背骨。

魔法とは自由なようでルールがある。

死体の生物的機能はもう働いていないのにもかかわらず、頭蓋骨を砕けば死体は知覚能力を失い、背骨を砕けば下半身が動かなくなる。

死体を動かす魔法は、死体に残る人間だった頃の記憶を使っているのだ。

「これで終わり」

ルーティが正面と上の死体を破壊し、戦闘は終了した。

「でもこいつは本体じゃない」

「ああ、死体を操ったモンスターが残っているな」

死体に取り憑き動かすモンスターもいるが、この死体から加護の力を感じなかった。

魔法の力で遠隔操作するタイプの本体がいるのだろう。

「こういうタイプで一番多いのは死霊術師系の加護を持っているモンスターだが……」

モンスターの加護は人間と違って大半が下級の加護しか宿らない。

だから死霊術師の加護持ちがいる可能性よりも……。

「デーモンの可能性が一番高いわね」

ヤランドララがそう言った。

*　　　*　　　*

デーモンという種族の定義とは固有の加護一種のみしか持たない種族のことを言う。

魔王軍に従う知能の高いデーモン達が有名だが、モンスターの中に交じって暮らす知能の低いデーモンもいる。

船室を調べながら俺達は奥へと進んだ。

ヴェロニア王国最新の船の構造を調べるのが本来の目的ではあるが、まず脅威の排除が先決だろう。

「また来た！」

船室には死体がいくつも浮かんでおり、その度に俺達は襲われた。

タネが分かっていれば脅威ではないが、気分の良いものではない。

「…………」

「ルーティ、大丈夫か？」

「うん」

「やはり俺が先頭に立つよ」

「大丈夫だから……それは最善の陣形じゃない」

ルーティの言う通り、水中戦ではいつもの動きができない分、俺が先頭に立つのは最善ではない。

だが、ルーティが辛そうなのだ。

もちろんルーティが加護のない死体に後れを取るわけがない。

ルーティが辛いのは、この死体達はルーティが船を沈没させたことで死んだ者達だからだ。

この世界は戦いに満ちている。

少なくない数の人間が、同じ人間を殺したことがあるだろうし、大半の人間が命を奪い合う状況に慣れてしまう。

俺もルーティも同様に、これまで数え切れない人間と戦いその命を奪ってきた。

相手も俺達を殺そうとしていたわけで、殺そうとすれば殺されても文句は言えない。

この船に乗っていた傭兵達はゾルタンの人々を殺そうとしていたのだ。

それがレオノールの命令だったとしても、俺達が剣を抜くには十分過ぎる理由だった。

そして、ルーティは『勇者』だった。

『勇者』は弱者を救うために悪を殺す。

そこに躊躇があってはいけない。

デミス神によって『勇者』の加護はそう作られ、恐怖も罪悪感もルーティは感じなかっただろう。

『勇者』の加護の衝動から逃れることができたとしても、ルーティがどれだけ『勇者』を嫌おうとも、『勇者』としてしか戦ってこなかったルーティは、『勇者』として殺すことに慣れている。

今更ルーティが戦う必要がある時に殺したくないからと躊躇することはないし、戦ったことを後悔することもない。

でも振り返ることはあるよな。

自分や友人の命を守るため戦うことを躊躇してはいけない。

それがこの世界だ。

だが、戦ったことを振り返らないようになってはいけないと俺は思う。

襲いかかる死体に対して、ルーティの胸中には色んな感情が渦巻いている。

それは苦しいものだ。

でもそれはルーティが人間であるということだ。これもルーティの変化だろう。

俺はルーティを支えはするが、もうルーティは自分の足で前に進むことができるようになった。

ルーティが前に立とうと言うのなら、俺は後ろに下がるべきだ。

「でも辛いなぁ」

妹が苦しんでいるというのに守ってやれない。

あー辛い、苦しい。

この死体を操っているヤツを倒したらルーティのことをいっぱい褒めよう。

「お兄ちゃん」

ルーティの言葉が俺を現状へと引き戻した。

「この奥に死体以外の何かがいる」

「船倉最下層の一番奥ね、ここの外は海底の砂の中かしら?」

「そのようだな」

ヤランドララは船倉の壁に触れている。

「船の構造は後回しだ、行こう」

「分かったわ」

俺の言葉にヤランドララは頷(うなず)いた。

そしてルーティに目配せする。

ルーティは船倉への扉に手をかけ、力を込めたところで止まる。

「テレポートされた」

「ッ!?　後ろだヤランドララ！」

瞬間移動による後方からの奇襲。

ヤランドララの背後に剣を持った死体があらわれた。

強力なモンスターとの戦いではよく見る戦術だ。

「たしかに今の私はスタッフが無いけれど、この船の材質は私の領域よ」

ヤランドララは印を組む。

「緑の友よ、あなたの夢をもう一度見せて！」

船の壁が揺れ、鋭い枝が飛び出し死体を串刺しにして動きを止めた。

「海中で木を生長させた!?」

リットが驚いている。

本来植物操作は、その植物が生長できる環境でしか使えない。

肥料や水の問題は魔力で解決できるため、種と一握りの土さえあれば地上ならどこでもヤランドララは大木を生成できる。

が、ここは海中。

普通の木は生長できない環境だ。

「今のは生長ではなく還元。木材が木だった頃の状態に戻す技術、スキルの応用だよ」

「そんなことが可能なの？」

「俺もこれができるのはヤランドララくらいしか知らないな」

驚いたリットに俺はそう答える。

奇襲は失敗。

ヤランドララにはこれがあるから、海上という植物使いにとってはあまり有利とはいえない状況でも武装商船団の船長として戦えたのだろう。

「でも本体がいない」

ヤランドララが串刺しにしたのは死体のみ。

次の瞬間、ルーティの眼(め)の前の扉が激しい勢いで開かれた。

錆色(さびいろ)に染まった海水が扉の奥から溢(あふ)れた。

「毒です！」

ティセが警告する。

さすが毒の専門家だ。

先頭にいるルーティは『勇者』の加護の耐性スキルを使えば問題はない。

リット、ヤランドララは毒耐性持ちの加護だ。

ティセは毒の専門家でもあるし対処もできるだろう。

つまり……この中でこれにやられる可能性があるのは俺だけだ。

『導き手』の固有スキルがないという欠点は、こういう時に困る。

「任せて」

ルーティが言った。

腕を回すような動きの後、手のひらを突き出した。

渦巻く水流が起こり、拡散していた毒の水を巻き込みながら船倉の奥へと押し込む。

肉体を使った正確な水流操作。

こちらはスキルですらない。

ルーティ自身の技だ……とんでもないな。

「リット」

「了解！　一箇所に集まっているなら問題ないわ！　水の精霊よ、穢れを取り除いて！」

リットの魔法で毒の水が浄化されていく。

船倉の奥にいるモンスターはルーティの起こしている水圧によって身動きできないようだ。

毒が消えたのを確認してから俺達は船倉へ突入する。

「アンデッドマスデーモンか……！」

「うげぇ、一番嫌なやつ来た」

その姿を見たリットは露骨に嫌な顔をする。

船倉の奥にあったのは無数の死体の塊。

その奥にギョロギョロと動く黒い目玉がある。

あれはアンデッドマスデーモンという知能の低い下級デーモンだ。

海に生息し、死体を操る固有スキルを使って船を襲うことで知られている。

こいつらがなぜ船を襲うのかというと……人間の死体で自分の殻を作るのだ。

性質としてはヤドカリに近い。

肉体的には脆弱で、戦いは遠隔操作した死体で行う。

ルーティの起こした水圧に何の対抗もできなかったのも、自分の力じゃどうにもならなかったからだろう。

「……意味があるか分からないけど」

ルーティが剣を構えた。

「その人達は静かに眠らせてあげたい」

「そうだな」

固まっていた死体が一斉にルーティを見た。

空っぽの眼孔を見つめながら、ルーティは真っ直ぐ突撃する。

「援護するぞ！」

「うん！」

「了解です！」

俺、リット、ティセの3人があとへ続く。

死体の手足を複雑に絡ませ構成された殻を解き放ち、数の暴力で押し潰そうとするアンデッドマスデーモン。

魔法による死体操作(ゾンビー)は同時にコントロールできる数に限界があるが、この数の同時操作はデーモンの固有スキルだからこそできる芸当だ。

水中戦で数に対処するのは難しい……が、ここにいるのは元勇者パーティーだった者達だ。

そして相手を倒す理由を見つけたルーティは無敵だ。

俺達は死体の群れを近づいてくる相手から冷静に倒し、ルーティのための道を作る。

キィィィインという音が水中に響いた。

アンデッドマスデーモンの甲殻類の特徴を持つ口から発せられた音だ。

「ライトニングボルトか!?」

人間とかけ離れた種族の魔法は見抜きにくい!

そして水中での魔法戦に俺達は不慣れだ。

同じ魔法でも水中では効果が変わるものがある。

火の魔法は火ではなく水蒸気で相手を焼く魔法に変わり、氷の魔法は氷という障害物が残るようになる。

そして電撃の魔法は全方位に拡散する回避不能の魔法へと変わる。

「くっ！」

「ああっ!!」

俺とリットは電撃を浴びて硬直した。

地上より威力は下がっているが妨害手段としてはかなり厄介だ。

だが……。

「私に魔法は通じない」

「!?」

ルーティはまったく動じていない。

これまでのように耐えているわけではなく、魔法そのものが届いていないのだ。

ルーティが手に入れた新しいスキル。

『シン』の〝支配者の衣〟は一方的に魔法を無効化する。

「セイクリッドシールド！」

『勇者』固有の魔法で、強力な防護の盾を作り出す魔法。

だが、ルーティは盾を身を守るためではなく自分の背後に生成した。

「はぁぁ！」

ルーティが声を発した。

セイクリッドシールドを蹴り、水中で一気に加速する。

その勢いのままアンデッドマスデーモンの死体へ向けて突きを放つ。

水中とは思えない鋭い突きだ。

守ろうと動いた死体を弾き飛ばし、ルーティの突きがアンデッドマスデーモンに突き立てられた。

糸が切れたように死体が動かなくなる。

彼らも解放されたようだ。

＊　　＊　　＊

「ぷはぁ！」

海面に出たリットは大きく息を吐いた。

魔法で呼吸できていたのだが、水中で呼吸するのはなんとなく窮屈な感じがする。

感覚的には空気の方が気持ちよく感じるのだ。

「ふぅー、海の底を泳ぐのって結構疲れるわね」

リットが船の縁につかまった。

先に船に上がっていた俺はリットの腕をつかんで持ち上げる。

「ありがとう」

「どういたしまして」

ヴェロニア王国のガレオン船の調査は大体終わった。

船の構造については頭に入れてある。

ゾルタンに戻ったらヤランドララと考察会だな。

「財宝も結構あったわね」

ヤランドララが金細工のサークレットを被って言った。

あれは精神に作用する魔法やスキルを反射するマジックアイテムだ。

強力な魔法は防げないことが多いが、広範囲に作用するような魔法なら大体防げるだろう。

魔法使い部隊のいる戦場の常套手段(じょうとうしゅだん)である、恐怖(フィアー)の魔法で兵士達の士気を下げるような戦術から身を守ることができる。

他にも魔法の剣などマジックアイテムが複数あり、財宝として持ち運びやすい金銀宝石もあった。

さすがヴェロニア王国の精鋭傭兵(ようへい)だ。

「分かっちゃいるけど、今日の一日で薬草店の売上げ一年分が軽く吹き飛ぶくらい稼いじゃうんだよな」

「その分冒険は命懸けるから。今回だって、Cランク冒険者が挑んでいたら全滅していたかもしれない相手だったわよ」

「そうだなぁ、南洋に強力なモンスターがいるのは知っていたけれど、こんな近海でも海底にはあんなデーモンがいるなんて、海は怖いな」

漁師は命懸けだ。

「ルーティもお疲れ様」

俺はタオルでルーティの髪の毛を拭いてやる。

もちろん拭く前に真水で洗うことも忘れていない。

海水をちゃんと流さないと髪が傷むからな。

『勇者』のスキルを起動しておけば髪の毛1本すら傷むことはないだろうけど、ルーティはできる限り耐性を切って人間らしく暮らそうとしている。

「ありがとうお兄ちゃん」

ルーティは嬉しそうに微笑んだ。

「うげうげさんとティセもお疲れ様」

最後に浮上してきたティセを船の上に引き上げる。

何故(なぜ)か大きなカレイを背負っていた。

「持って帰ってちくわにしてもらうんです」

「そ、そうか」

うげうげさんが自慢げにピョコピョコアピールしているところを見るに、どうやらうげうげさんが捕まえたみたいだ。

水中では蜘蛛の糸も使えないと思っていたのにどうやって……。

「たしかにうげうげさんの糸は水中では自由に投げたりはできなくなりますが、釣り針と組み合わせて使うのには十分機能するんですよ」

「すごいなぁ……」

うげうげさんのできることについて一度詳しく話を聞いてみた方がいいのではないだろうか?

いや、こうして驚かされる方が楽しいか。

今は仲間の力を把握して常に最善の手を考え続けてきた冒険の日々とは違う。

この小さな蜘蛛の実力に驚かされるのも、俺達のちょっとした冒険の楽しみの1つなのだ。

「よし、全員揃ったし帰るか」

「このまま船の上でお昼食べて釣りしたいところですが……」

「最近は結構釣りしているからなぁ」

釣りは好きだが、今日は沈没船観光で十分満足してしまっている。

そもそも釣り竿を持ってきていない。

「またいつでも来られるわ、私はこれから何度も沈没船を調べることになりそうだし」

「そうですね、次の楽しみにしておきますか」

ヤランドララに言われて、ティセは諦めて持ってきたカレイを締めていた。

もしかしてティセが釣りで大物ばかり狙うのは、大きい方がちくわがたくさん作れるからという理由なのでは？

なんて他愛もないことを考えているうちに、ヤランドララが船を動かす準備を終えた。

「それじゃあ帰りましょうか」

ヤランドララが船を動かそうとしたその時。

「待って」

ルーティが海の向こうを指差して言った。

「船がいる」

「ん？　あ、遠くにいるな」

目を凝らすと船のような影が見える。

夏の海でなければもっとはっきり見えるのだろうが、ここからではどんな船なのかまでは分からない。

「変な船」

ルーティにはちゃんと見えているようだ。

「それにボロボロ」

「ボロボロ⁉」

「多分漂流している」

「なんだって⁉」

ヤランドララはすぐに帆の向きを変えた。

「様子を見に行っていいでしょ？」

「ああ、頼む」

この船では時間がかかってしまうが見捨てるわけにもいかないだろう。

モンスターに襲われたのか、沖で嵐に巻き込まれたのか……船員が無事だと良いが。

*　　*　　*

およそ1時間後。

俺達はようやく漂流船にたどり着いた。

「思ったより大きい船ね」

漂流船を見てリットが言った。

「でもルーティの言う通り、見たこともない変な船だわ」

箱型のガレー船……だろうか？

甲板が板で覆われていて、船の上に箱が載っかっているようだ。

マストは1本。だが折れている。

中型船くらいの大きさなのに竜骨を持たず、喫水は浅そうだ。

とても外洋航海できる船には見えないが、そもそも造船の技術体系が違う国で造られた船に見える。

俺が理解できていないだけで嵐にも耐えられるようにできているのかもしれない。

「とはいえ、これだけ損傷していたら性能も発揮できないだろうな」

マストだけでなく、櫂（かい）も折れてしまっている。

船にはいくつも穴が空き、沈没していないのが不思議なくらいだ。

「これは矢か」

船に刺さっているのは矢だろう。

海のモンスターはあまり使わない。

海賊に襲われたのだろうか？

「うげうげさん、お願い」

ティセの言葉にうげうげさんは頷くと、糸で俺達の船と漂流船を繋（つな）いだ。

「行くか、リットは念のため船に残ってバックアップを頼む」

「うん、分かった。大丈夫だと思うけど気をつけてね」

「ああ」

俺、ルーティ、ヤランドララ、ティセ、うげうげさんのパーティーで漂流船へと乗り込んだ。

船を覆う板の役割は盾なのだろう。

屋根はなく板の上に登れば甲板の様子が見えた。

甲板には小さな船室が1つ。船倉へつながる落とし戸が2つか。

「モンスターは……いないな」

「でもこれは……」

ティセが悲しそうに言った。

甲板の上には死が広がっていた。

武装した戦士達が十数人倒れている。

生きている気配はない。

「対病結界(レジストディジーズ)」

ヤランドララの魔法が俺達を包む。

病気の伝染を防ぐ結界だ。

「見たところ戦ったように見えるけど、遠くから来た船みたいだから念のためね」

「助かる」

俺達は甲板に降りた。

「喫水の浅い船だから船倉は水や食料を保存してあるだけだと思う」

「ああ、甲板に寝袋らしきものもあるな」

調べるのは甲板と船室を優先するべきだろう。

「酷(ひど)いですね」

ティセがマストにより掛かるように座っている死体を調べながら言った。

「これはヒスイ王国の鎧(よろい)ですよね？」

倒れている戦士達の装備は特徴的だ。

打刀(うちがたな)や薙刀(なぎなた)、上下非対称の大弓、布の上に鉄小片をつなぎ合わせた鎧。

東の国ヒスイ王国の装備だ。

「ああ……まさかこの船は東方から漂流してきたのか？」

「にわかには信じられないわね、この船にそんな性能があるとは思えないわ」

大山脈〝世界の果ての壁〟の向こうにある東の国。

そこへ向かうためには大陸北側を回る航路か、〝世界の果ての壁〟に発見されたかろうじて商隊が突破できる陸路の2つ。

理屈でいえばゾルタンから船で東へ進めばたどり着けるが、南の航路を進む商船は存在しない。

補給港のない長期間の航海、凶暴な南海の大型モンスター、気まぐれに起こる嵐。

それらすべてに耐えられる大型船を複数集めた大船団を率いて、その中から1艘生き残れば成功となるような冒険になる。

もし南回りの東方航路が確立されれば、ゾルタンは補給地として栄えることとなるだろうが、少なく見積もっても俺達が生きているうちには達成されそうにないらしい。

まぁ今は魔王軍のことで人類は精一杯だ。

「何か強力なアーティファクトでも積んでるんでしょうかね？」

ティセが目の前の死体から目を離した瞬間。

「⁉」

死体の手がティセの腕を掴んだ⁉

「な⁉」

「ひ、姫様を……！」

血の気のない青白い顔なのに、目だけは赤く血走っている。

呼吸は止まっていたはずだが……！

「姫様ですか？」

ティセは驚きながらも聞き返す。

男は船室を指さした。

「世界を……救う希望が……！」

「それは、どういう意味ですか？」

だが男の最期の言葉は血の混じった咳となって消え。

男の腕は力なく落ちた。

「〝癒しの手〟」

ルーティがすぐに治療しようとするが。

「やっぱり死んでる、癒しの手は届かない」

ルーティも困惑したような表情を浮かべている。

「死んでも動くスキル？　いや執念か」

彼の加護か何なのか今の動きだけでは分からなかったが、加護の力ではない気がする。

加護を超えた人の強い意志の力のようなものを感じた。

「死んでも守りたい何かが、あの船室にあるんだろう」

「でも……この状況」

ヤランドララが悲しそうに言った。

生きている者のいない甲板。

彼らの死因は戦闘によるものだ。

この状況で船室だけが無事だというのは……。

「とにかく調べてみるか」

俺は船室に向かい扉を開けた。

「む⁉」

何かが俺に向けて飛来した。

俺は剣を抜いて素早く打ち落とす。

十字形のこれは……手裏剣か？

「お兄ちゃん！」

手裏剣の攻撃は目くらましで、本命は剣による直接攻撃か。

「だがそんなフラフラの状態じゃ奇襲にはならないな」

俺は突き出された腕を掴んでひねり上げた。

「あ、う……」

襲いかかってきたのはまだ幼い少女だ。

持っているのは甲板で死んでいた戦士の物よりも短い刀。

身につけている防具は急所だけを守る軽装備で、ティセに近い軽戦士だ。

これは、ヒスイ王国の忍者というやつか？

「生存者がいてくれたか……ヤランドララ、治療を頼む」

「分かったわ」

ルーティの〝癒しの手〟は『勇者』にしか使えないスキルだ。

この船に乗っていた者達が何者か分からない以上、ルーティの正体は隠すべきだ。

「姫様には近づかせない……！」

「俺が君ならこの状況でそんな拙い奇襲はしない」

「え……？」

なおも抵抗しようとする少女に俺は語りかける。

「この船の状況は絶望的だ、外からの侵入者が何者であれ生還するには侵入者を利用するしか無い。なのに情報を集めようともせず奇襲し敵対した、俺ならしない」

「…………」

「戦い方も拙い。仮に奇襲が成功しても、倒せるのは俺だけで、残った仲間の前に無防備な姿を晒すことになる、俺ならしない」

「……うぅ」

少女から力が抜けた。

俺の様子から敵ではないと理解して、無理やり張り詰めていた気力が緩んだのだろう。

俺は少女をヤランドララに預ける。

「衰弱しているけれど、それほど深刻では無いわ」

「良かった」

外の戦士達の体の状況から見て食料や水も不足していたと思ったが、この少女は栄養失調状態ではあるが飢餓には至っていない。

ギリギリまで食事をとることができたのだろう。

しかし忍者か。

『忍者』の加護を持つ者は見たことあるが、ヒスイ王国の忍者を見るのは初めてだ。

「お兄ちゃん」

奥を調べていたルーティが言った。

深刻そうな声だ。

部屋の中央にある衝立（ついたて）の向こうか。

俺とティセも奥へ向かった。

「酷い……！」

俺は言葉をなくした。

毛布の上に横たわっていたのは女性だった。

だがその体は異様なほどにやせ衰え、骨の上に皮が乗っているだけの状態だった。

弱々しいが呼吸はしている……が、生きていることができるのかこの状態で？

「ヤランドララ！　こっちは重症だ！」

俺は慌ててヤランドララを呼んだ。

「……ァ」

声がした。

動かないはずのモノがまた動いた。

「動かないでくれ、すぐに治療魔法を使える仲間がくる」

「だ、誰だ……」

はっきりとした言葉だ。

こんな半死半生の状態でなんという生命力だ。

「俺はゾルタンという国の薬屋だ」

「ゾルタン……！」

落ち窪んだ目が一瞬輝いた。

「たどり……ついた……」

「まずい!!」

この女性の命を支えていたものが消えようとしている。

「大いなる流れよ、源泉より汲み取られし生命の精霊よ、失われゆく命を繋ぎ止めて……！」

女性を見るなりヤランドララは即座に魔法を使った。

だが女性の様子は変わらない。

「これは精霊魔法では無理！」

「届かないか……！」

「大丈夫、『クルセイダー』エスタとは別の方面から私も治療のエキスパートなのよ」

ヤランドララは別の印を組む。

「亡者薔薇（コープスローズ）！」

女性の体が毒々しいほど赤い薔薇に包まれた。

初めて見る植物だ。

「これは人間に共生する薔薇よ。本来は宿主の生命力を少しもらって生きるのだけれど、宿主が死にそうな時は宿主を再生させる力を持つの。薔薇に絡まれ身動きが取れないし、茨（いばら）で皮膚が傷つくのが欠点だけど、治癒魔法より深い傷も治すことができるわ」

「すごいな」

治癒魔法にかけては聖職者系加護の使う法術魔法が最も優れているというのが定説だ。

だがヤランドララの『木の歌い手』は、植物の知識によって他の加護でしかできないことすら再現できる。

加護のレベルを上げるだけでは手に入らない強さであり、ヤランドララにはぴったりだ。

「薔薇の活力が上限になるけど、それは私が魔力を供給すれば吹き込める。効率でいえば法術の〝再生（リジェネレート）〟以上。これほど効率的に魔力を治癒力に変換できるのは、他には『勇者』の〝癒しの手〟くらいのものよ」

さすがヤランドララだ。

これでこの女性も助かるだろう……。

「え？」

だがそうならなかった。

ヤランドララの薔薇がみるみるうちに枯れていく。

「なんで!?」

ヤランドララは慌てて薔薇を種へと戻した。

「亡者薔薇（コープスローズ）を受け付けないスキルが発動しているの？」

「植物の寄生には違いないから、耐性に引っかかるのか!?」

これはまずいな。

船でゾルタンに戻るにはかなり時間がかかるが、この状態では移動に耐えられそうにない。

かといってヤランドララ以上の治療手段は……。

「私がやる」

「ルーティ……」

　そう、ヤランドララよりも強力な治療の力を持っているのはルーティだけ。

『勇者』の力だ。

「でも、見捨てられない」

　ルーティの体が輝いた。

『シン』によって抑えていた『勇者』の力を完全解放したのだろう。

「〝癒しの手〟！」

　ルーティを覆っていた光が女性へと流れ込んだ。

　骨に張り付いたような土気色の肌に赤みがさす。

　命を維持するため不可逆なほどに削り取られた肉体が再生していく。

「命の危機は脱したな」

　俺は腕の脈拍を診ながら言った。

　まだ衰弱しているし、肉体はやせ衰えているが死にそうという印象はもう無い。

「あとはゾルタンの診療所に連れて行って安静に療養させれば良くなるだろう」

「お兄ちゃん……ごめん」

「いや、ルーティが力を使うべきだと思ったのならそれでいい。その力はルーティのものなんだから」

「うん……ありがとう」

俺はルーティの頭を撫(な)でた。

ルーティは嬉しそうに微笑んでくれた。

＊　　＊　　＊

「ん……」

「お、気がついたか」

俺は少女にお湯の入ったコップを渡した。

「ここは……」

「俺達の船の上だよ」

「船……」

まだ意識がはっきりしていないようだ。

力のない目をした少女に適温のお湯を飲ませる。

うん、飲みにくそうだが吐き出すことはない。

弱っているが、消化器官のダメージは軽いな。

やはりこの少女の食事状況は飢餓になるほど逼迫(ひっぱく)してはいなかった。

俺は2杯目の飲み物を用意する。

船の上にいる今はスープのような食べやすく衰弱した体に良い食事を用意できなかったが、ヤランドララがベリーを搾ってホットジュースを作ってくれた。

甘みのあるホットジュースは衰弱した体のエネルギー補給に良いだろう。

2杯目として渡したホットジュースを一口飲んだところで、少女の目に生気が戻った。

甘みという刺激で脳が動き出したか。

「虎姫様(とらひめ)!?」

「虎姫様？」

少女は突然叫んだかと思うと、船の上に寝かせられている女性を見ると慌てて駆け寄ろうとして……よろめいた。

「おっと」

俺は慌てて少女を抱きとめる。

ジュースの入ったコップを摑(つか)むのも忘れない。

「彼女はひどく衰弱している、起きることはできないとは思うし声はかけない方がいい」

「姫様に一体何をしたんですか！」

「何をって、死にかけてたから治療よ」

ヤランドララが安心させるように笑って答えた。

「私はヤランドララ。ゾルタンに住む花屋……は今やっていないから、うーん」

ヤランドララは肩書に悩んで首を傾(かし)げた。

「今は造船技師？」

「闘技場のチャンピオンじゃない？」

「趣味人」

「お助けお姉さんです」

俺、リット、ルーティ、ティセの順番で答えた。

少女は困惑しているようだ。

あとティセのたまに出るボケているのか真面目なのか分からない表現は何なのだろうか？

うげうげさんはやれやれというように体を揺らしている。

「あー、あと超凄腕(すごうで)の治療師だからそこに寝ているお姫様の治療も施してくれた。まだ昏睡(こんすい)しているが、命に別状はないだろう」

「よ、良かった……」

少女は力が抜けた様子で大人しくなった。

俺はジュースの入ったコップを手渡しながら少女を座らせる。

「俺はレッド、こっちは妹のルーティ、そしてこの子は婚約者のリット」

「ルーティ⁉　あなたが勇者ルーティですか‼」

少女は大きな声で叫んだ。

「違う、私はただのルーティ」

ルーティは表情も変えずにそう言い返す。

「でもルーティって」

「ルーティなんてそう珍しい名前じゃ……あー、東方の出身だとこちらの名前なんて分からないか」

「そう……ですか」

「がっかりさせてごめんなさい、でも私は勇者じゃない」

「いえ、拙者もとんだ早とちりを……申し訳ありません」

少女は明らかに気落ちした様子だ。

ヒスイ王国にも勇者ルーティの活躍は伝わっていたのか。

「私はティセです、こちらは友達のうげうげさん」

うげうげさんは右前脚を掲げて挨拶した。

「ひっ！　蜘蛛(くも)⁉」

「おや、苦手でしたか、これはすみません」

ティセは悲しそうにうげうげさんをバッグの中に隠した。

「あ、拙者の方こそ申し訳ありません……拙者は虫が苦手で」

少女は頭を下げてまた謝った。

素直な子のようだな。

「申し遅れましたが拙者は葉牡丹と申します。この度は命を救っていただきありがとうございました」

「ハボタンか、変わった名前だな」

「葉牡丹という花から取られた名前だそうです」

「なるほど」

少女はちょっと照れている。

自分の名前の由来を話すだけなのになぜ照れた？

ヒスイ王国の文化なのだろうか。

「こちらに臥しておられるのは虎姫様でございます。拙者の主君でありヒスイ王国のやんごとなきお家柄の姫君でございます」

「本当にヒスイ王国の船だったのか」

あの船で世界で最も危険な海を越えてきたとは……船の性能とは分からないものだ。

いや漂流していたのだから無事に越えたわけではないが。

「一緒に来てくださった侍衆がすごい人達だったんです！」

葉牡丹は誇らしげにそう言った後、ハッと気がついたように表情をこわばらせた。

「……拙者達以外の皆様はどうなりました？」

「俺達が来た時にはもう」

「そう……ですか……」

葉牡丹の目に涙が溜まった。

慌てて空を見上げると。

「ヒスイ王国の侍衆にとって主君のために死ぬのは誉れです！　さすが皆さん天晴でございます！」

そう言った声は震えていた。

無理をしているのがよく分かる。

ヒスイ王国か、ふむ……。

俺は彼女の心が落ち着くのを待ってから話を進めた。

「この船はゾルタン共和国の都市ゾルタンに向かっている。あまり過去は詮索しない町だが、東方から漂流してきたとなれば色々確認されることもあるだろう」

「えっ、あ……その……」

「言えることと言えないことの区別は今のうちに整理しておいた方がいいぞ」

「……レッド殿は拙者達のことを聞かないのですか？」

「聞いていいなら聞くが、俺達はただのゾルタン市民だからな。そういうのは衛兵の仕事だ」

多分深い事情があるのだろう。

ヒスイ王国は世界の裏側で暗黒大陸と海峡を隔てて接し、魔王軍と長い間戦争を続けている国だ。

勇者ヴァンとサリウス王子の活躍で西側の戦況は良くなっているが、東方は芳しくないのかもしれない。

援軍を頼みに来たのなら……難しいだろうな。

英雄級を数人派兵するなら可能性はあるが、〝世界の果ての壁〟を越えて軍を派兵するのは今の人類の技術では不可能だ。

竜が協力して、〝世界の果ての壁〟の向こうへ兵士達を運んでくれるなら話は別だが……俺が考えても仕方のないことか。

「拙者は……申し訳ございません」

葉牡丹は俯いてしまった。

真面目だなぁ。

「仕えている主も眠っているんだ、迂闊なことは言えないだろう？　気にするな」

「お心遣い感謝いたします」

「あ、でもこれだけは聞きたい！」

リットが俺の背中から顔を出した。

「葉牡丹ってニンジャなの⁉」

「はい！　忍者です！」

葉牡丹は大きな声でそう答えたのだった。

……忍者ってそういうもんだっけ？

＊　　＊　　＊

夜。

無事ゾルタンまで戻った俺達は、葉牡丹達を診療所に連れて行った。

あとは医者と衛兵に任せておけば良かったのだが。

『あっ、いえ……ありがとうございました……』

と言って俺達の方を見ていた葉牡丹の捨てられた子犬のような目を見て、結局衛兵への説明や、教会が運営している入院設備のある病院への手続きまで手伝ってしまった。

まぁ知らない国で仲間はみんな死に、主の虎姫は昏睡状態。

心細くなって当然だ。

そうして手伝って、明日仕事が終わったら見舞いに行くことまで約束して、日がすっかり落ちた頃にこうして店に戻ってきたわけだ。

中々刺激的な休日になったな。

「〝世界の果ての壁〟の向こうか」

「一体どんな世界が広がっているんだろうね！」

「行くことはないと思うが、せっかく東の国から来た人がいるんだから、葉牡丹から色々聞いてみたいな」

「そうね！」

俺とリットはそう言って今日も笑い合いながら夕食を食べた。

今日は忙しく、市場に行く時間もじっくり料理を作る時間もなかったのでオリーブオイルとトマトで作ったシンプルスープパスタだ。

シンプルだが美味しい。こういうのが今は美味しい気分だ。

「今日は変わった休日になったものね」

「ああ、変わった休日だった」

リットと過ごす平凡な日々は愛おしいが、たまに起こる騒動も楽しいものだ。

そして、たまの変わった休日の夜はこうしてリットと一緒に変わらず過ごす。

今日も良い一日だった。

第三章　ゾルタンの葉牡丹（はぼたん）

朝。
俺はリットに店番を任せて、作業室で薬を作っていた。
作っている薬は、風邪薬と止血剤。
日常的に使われる安価な薬だ。
「それとこれも」
うちの売れ筋商品である薬草クッキーの材料となる滋養強壮の薬。
栄養補給と血行促進、多少の鎮痛作用もある。
だけど解熱作用はないから過信は禁物。
熱がある時は他の風邪薬との併用を推奨している。
もちろん食事ができないほど消耗している時に使うのはＮＧだ。
副作用はなく、日常的に摂取しても問題ない。むしろ風邪の予防になる。
「これも１年前にリットと一緒に作ったんだったたな」

懐かしい。

あの頃は、店を始めたはいいが客が来なくて悩んでいたなぁ。

今では常連と言えるような客も増え、貴族、職人、商人、農家、冒険者など色んな人が俺の店に来てくれるようになった。

薬草クッキーは今日に続く大切な一歩だった。

「試供品配ったりしたたな」

そして薬草クッキーが売り切れて、俺は嬉しくなってリットを抱き上げた。

うーん、今考えると何してるんだ俺ってなるんだが、あの時は本当に嬉しかったのだ。

「またリットと一緒に何か作ってみたいな」

レッド薬草店がレッド&リット薬草店となってから1周年。

プレゼントを贈ることに変わりはないが、店としても何か新製品を考えるのも良いな。

後でリットと相談してみるか。

「平和だけど、やることがたくさんだな」

リットへのプレゼント、リットと作る新商品、ルーティの成長、ヤランドララの船造り、葉牡丹(はぼたん)のお見舞い。

「そして今はお客さんに渡す薬作り！」

充実した毎日だ。

＊　＊　＊

店の営業も無事終わって、夕方。

俺とリットは中央区にある病院へ歩いていた。

葉牡丹達のお見舞いに行くため、店を少し早めに閉めたのだ。

「1周年の新製品かぁ」

リットは腕を組み「うーん」と考えている。

道中、俺は今朝思いついたアイディアをリットに話していた。

「誰でも必要になるような薬が良いよね」

「そうだよな」

薬草クッキーが売れているのはどのお客さんにも需要があるからだ。

「健康な時に使えるような薬とか無いかな？」

「健康な時か」

薬とは体に異状がある時に使うものだ。

だが、健康な時に使う薬というのもありなのではないか？

「良いかもしれないな。店に戻ったら薬草ノートを見ながら考えてみるか」

「やった！」

リットは自分のアイディアが受け入れられて喜んでいる。

「私だっていつも健康でいたいもの。お婆ちゃんになってもレッドと一緒に暮らすんだから」

「そうだな、俺も健康でいないとな」

「えへへ」

１周年もいいが結婚式のことも考えないとな。

……こういう幸せな未来が待っていたことを騎士だった頃の俺に教えたら信じてくれるだろうか？

「はは、信じないだろうなぁ」

「え？」

つい口に出てしまった。

不思議そうな顔をしたリットに、俺は何を思ったのか伝える。

リットは嬉しそうに頬を赤くして、首のバンダナで緩んだ口元を隠していた。

＊　＊　＊

診療所と病院の差は大きな入院設備があるかだ。

アヴァロン大陸の診療所は医者の住居でもあるため、患者2、3人程度なら短期間入院できる設備がある。

葉牡丹達も港区の診療所で入院することも可能だったが、虎姫（とらひめ）の衰弱の治療には数日程度の入院では快復しそうに無かったので、ダナンが入院していた病院を紹介することにした。

あの思ったことがすぐ口に出るダナンが素直に治療を受けていたくらいだから、信用できる医者や看護師のいる病院なのだろう。

いつか俺の店とも取引して欲しいものだな。

中央区の石畳の道を歩いていると、大きな建物が見えてきた。

これくらいの規模となると個人の医者ではなく教会が運営していることが多く、ゾルタンの病院も例に漏れずそうだ。

看護師はゾルタンの教会から派遣された聖職者も交じっている。

病人に奉仕するのも聖職者としての修行になるのだそうだ。

「葉牡丹さんへの面会ですか、う～んもう少し待つことになりそうですね」

病院の受付に立つ女性は俺達にそう言った。

「診療中なのか？」

「いえ、ゾルタン議会の方々が面会中でして」

「あー、なるほど」

ヒスイ王国から来たという2人に、ゾルタン当局が興味を持つのは当然か。

これが中央なら政治の争点に利用されることもあるが……。

「本当にただ興味があるだけだろうな」

「でしょうね」

俺とリットは笑った。

ゾルタン人は呑気だからな。

「どうする？　明日にするか？」

「んー、約束もしてるし今日これから用事があるわけでもないし待ってもいいかな」

「そうだな、のんびり待つとするか」

近くにカフェがあったはずだ。

中央区の富裕層向けのちょっとお高めのお店だが、なんといっても昨日のダイビングで色々お宝を手に入れている俺だ。

いやまだ何も換金していないのだから、財布の中は変わらないのだけれど。

お宝は換金するまではただの置物である、なんていう格言も冒険者にはある。

ゾルタンの経済規模では一気に換金できる店はないだろうな。

「魔法の剣もあったな、あれだけでも引き取ってもらおうか」

剣を構えて魔力を込めると風の障壁が生成され、矢など小さなものを弾き飛ばす魔法が込められていた剣だ。

戦場では重宝する武器だろう。

「銅の剣を使っているレッドが魔法の剣を売りに来るなんてびっくりされそうね」

「……売るのはリットにお願いするよ」

うん、俺が財宝を持ち込むのは変だな。

そんな話をしながら俺とリットはカフェの扉を開ける。

カランとベルの音がした。

「あ！　ルーティとティセとヤランドララもいる！」

「本当だ」

お洒落なテーブルの並んだ店内。

テーブルの上には紅茶の入ったカップや皿に対して明らかに量の少ない盛り方をしている料理が置かれている。

「美味しそう」

「群島諸王国の王宮で料理人していた人が作っているだけはあるな」

「へぇ！」

ベースが騎士団での炊事である俺には無い技術だ。

「お兄ちゃん」

ルーティが俺達に向けて手を振った。

俺とリットはルーティ達と同じテーブルに座る。

「ルーティ達もお見舞いに？」

「うん、約束したから」

それからルーティは自分の食べているパンケーキを指さした。

ふわふわのパンケーキの上に白いクリームが載っかっている。

「美味しいよ、おすすめ」

「そうか、じゃあ俺も同じの頼もうかな」

「私も！」

テーブルに届いたパンケーキを食べてみる。

外はカリッとしていて中はモチモチ。

クリームは牛乳の味が感じられる濃厚なものだ。

見た目も良かったが、味も良い。見た目が味を引き立て、味が見た目をより良い記憶にする。

そういうパンケーキだ。

「紅茶も美味しいな、何の葉を使っているんだろう」

「本当、うちでも飲みたいね」

ホッとする味だ。

甘いパンケーキとよく合う。

「レッド」

ヤランドララの声で俺は思考を打ち切る。

「私、今日葉牡丹ちゃんの船を調べにもう一回海へ行ってみたの」

「あのヒスイ王国の船に？」

「うん、葉牡丹ちゃん達が何者なのかもう少し情報が欲しくて」

俺と違ってヤランドララは今も英雄だな。

「これも趣味の1つなのよ」

「英雄が趣味とは、ヤランドララは本当に多趣味だな」

俺は思わず声を出して笑ってしまった。

「それで船はどうだった？」

「沈んでいたわ」

「沈んでいた？　流されたんじゃなくて？」

「ええ、船が流されないようにロープを付けたおもりを海中に沈めておいたの」

「さすが抜け目ないな」

「それが原因だったのかなぁ……」

ヤランドララは「むー」と唸った。

「いやでもいつ沈んでもおかしくない状態だったし不可抗力だろう」

というより沈んでいないのが信じられない状態だった。

俺の知識だとあの船は沈んでいるはずなのだ。

「そうよねぇ、私もあの船が浮かんでいるのが不思議だったもの」

「あの戦士の執念が船に乗り移っていたのかもしれませんね」

ティセが言った。

死してなおティセに虎姫を託したあの戦士の執念。

あの船にもそれが宿っていたとすれば？

「それで船が動くんならロマンだなぁ」

「あら、船乗りが最後に頼りにするのは気合なのよ」

「ヤランドララって最終的には精神論ってタイプだよな」

理論を積み上げ、確率を上げ、それでも足りなければあとは心で乗り切る。

それがヤランドララだ。

理論重視は俺も同じだが、俺にはできない思い切りだ。

「それで、また来週ダイビングに行きましょうよ」

「いやぁ、俺は遠慮しておくかな。葉牡丹のことは気になるけれど、今はそれを暴いて関わろうって感じじゃないから」

それに2週間連続で休日ダイビングはちょっと大変だし。

「残念、あらうげうげさんは付き合ってくれるの？」

うげうげさんがヤランドララの手の上に乗ってアピールしている。

ヤランドララは嬉しそうにうげうげさんのお腹を撫でた。

海底に1人は万が一があるかもと思ったが、うげうげさんがいるなら大丈夫だろう。

「葉牡丹達も覚悟はしていると思うが、船が沈んだことを伝えるべきか……」

「葉牡丹ちゃんがどういう子か分からないものね、今日は様子見かしら」

「そうだな」

昨日少し話した感じだと、真面目で好奇心旺盛、主である虎姫のことを敬愛しているという印象だ。

「普通の子」

ルーティがぽつりと言った。

ふむ、ルーティから見るとそうなのか。

「でもうげうげさんが苦手なのは意外ですね」

「ああ」

もちろん虫が苦手という人もいる。

だが、野外訓練を受ける者なら嫌でも虫には慣れてしまうものだ。

精神的なトラウマでもあれば違うのだろうが、薬牡丹にはそういう様子は見られなかった。

ただ虫に慣れていないという感じだった。

「一体何で西へ来たんだろうな」

「分からない」

ルーティも首を横に振る。

東方の状況について何も知らない俺達が考えても答えは出ないだろう。

「あ、面会終わったみたいですよ」

ティセが言った。

「分かるのか」

「はい、うげうげさんの糸を入り口に垂らしておきましたので。ゾルタン議会の人が歩いたのが伝わってきました」

「相変わらず優秀だなぁ」

うげうげさんは自慢げだ。

うげうげさんは蜘蛛の糸に触れる振動で相手を識別できる。

人類最高峰の暗殺者ティセの相棒は伊達ではない。

「それじゃあ行くか」

俺は残ったパンケーキの最後の一切れを食べると、席から立ち上がった。

＊　　＊　　＊

病院。

そういえばこの病院に名前は無いのだと今更気がついた。

素直に考えるとゾルタン聖方教会病院という感じの名前が妥当だと思う。

ゾルタン人はただ単に病院と呼んだり、中央病院や教会病院と呼ぶ人もいる。

だが病院の入り口にはネームプレートはかかっておらず、働いているスタッフ達も病院としか呼ばない。

それで困らないのだから良いのだろう。

「西方は変わっていますね」

その話を聞いた葉牡丹はカルチャーショックを受けた様子でそう言った。

俺達は葉牡丹と虎姫の病室にお見舞いに来ている。

お見舞い品として持ってきたのは果物、そして、さっきのカフェで買った小さめのパンケーキ。

葉牡丹はパンケーキを食べるのは初めてだったようで、一口目はおっかなびっくりと、二口目からは目を輝かせて食べてくれた。

「拙者達にとって名前はとても大切なものです。名前はその人の魂と結びついていて、親と主君にしか教えてはいけない決まりなんです」

「へぇ、ヒスイ王国の風習は変わっているな」

「西方では名前にこだわらないと聞いていましたが本当だったとは驚きました」

「親の名前をそのまま使う人もいるよ、トーマスの息子だからトーマスジュニアとか」

「おぉ……」

多少の差はあってもお互い似た文化を持つ西の国々と違って、〝世界の果ての壁〟を挟むと全く違う文化ができあがるようだ。

面白いな。

「じゃあ葉牡丹も本当の名前じゃないってこと？」

「あ」

ルーティの質問に葉牡丹は慌てて何か言い訳しようとしていたが、言葉にならずモゴモゴ言っていた。

「まぁ別に俺達は葉牡丹って名前を教えてもらっていれば十分だから気にするな」

「はい……申し訳ありません……そういうしきたりなので」

やっぱり真面目だなぁ。

名前を偽ることに負い目を感じているようだ。

俺のレッドという名前も偽名だからお互い様なのだが。

「あー、それじゃあ葉牡丹ってのは後からもらった名前なのか」

「虎姫様から頂戴したんです、冬の寒さの中でも咲く祝福された花だとおっしゃっていただいて」

「へぇ、良い由来だな」

「はい!!」

葉牡丹は嬉しそうに返事をした。

本当の名ではないがよっぽど気に入っているようだ。

主君である虎姫との関係が良好なのも伝わってくる。

「虎姫様の容態はどうなの？」

リットが同じ部屋で眠る虎姫を見て言った。

昨日よりは血色が良くなっているようだな。

「はい、時折目を覚まされますが、まだ意識が朦朧(もうろう)としていらっしゃるようで、粥(かゆ)を少し召されたくらいで自分がどこにいるかも分かっていないご様子でした」

「そうなんだ」

「お医者様はいつ目覚められてもおかしくないが、しばらくはこのままかもしれないとも
おっしゃっていて……」

葉牡丹は不安そうに虎姫の顔を見つめた。

何か言葉をかけてあげたいが……医者でない俺にあまり無責任なことは言えない。

「大丈夫」

ルーティの静かで力強い声が病室に響いた。

「もうすぐ目を覚ます」

「え？　あ、ありがとうございますルーティ殿、元気づけてくれて」

葉牡丹は戸惑っている。

ルーティの言葉があまりに断定的だったからだろう。

俺も少し戸惑った。

だが、その言葉の真意はすぐに分かった。

「……ここは？」

「虎姫様!?」

眠っていた姫が目を開けていた。

頰はやつれていたが、その目にははっきりとした理性の光があった。

「葉牡丹、世話をかけたな」

「いえ！　いえ!!」

葉牡丹は虎姫に抱きつき泣きじゃくっている。

心細かったのだろうな。

しかし、それにしても……。

「ヒスイ王国の忍者といえば高度に訓練された特殊部隊って聞いていたんだが」

泣きじゃくる葉牡丹は年相応の少女にしか見えない。

「どんな組織でも見習いはいるものでしょ？」

「それもそうか……な？」

リットの言う通り、どんな組織でもいきなり優秀な人材が湧いて出てくるわけじゃない。

熟練の忍者はすでに船の上で死んでしまい、見習いの葉牡丹だけが生き残ったという話なのだろうか？

こういうことが気になってしまうのは昔の癖だな。

葉牡丹が落ち着くまで俺達はしばらく待つことにしたのだった。

＊　＊　＊

「お恥ずかしいところをお見せしました」

10分ほど泣きじゃくった葉牡丹は、今顔を赤くして俯いている。

「異国に1人ぼっちだったんだから無理もないさ」

「はい」

葉牡丹は俺の励ましに少し元気を取り戻した様子だ。

「改めて、我らの命を救ってくれたこと感謝する」

虎姫は貴人らしい所作で俺達に礼を言った。

その顔はやつれているが、気品と美しさを感じさせるものだ。

年齢は分かりにくいが、20代後半以上の大人の女性であることは間違いないだろう。

美しいは美しいのだが、人形のような完全さを感じる美しさだ。

……ああそうだ、ヴェロニア王妃レオノールを思い出す美しさだ。

「御身を救うことができて光栄の至りです」

他国のお姫様を相手にするわけだし相手の性格も分からないので、俺は騎士団時代におぼえた作法で頭を下げる。

西の作法が東方の姫に通じるのかは分からなかったが、俺が礼を尽くしているというのは伝わったようだ。

「うむ、良き働きであった。貴公に褒美をつかわすべきではあるが、今は異国に漂着した身、これで許せ」

そう言って虎姫は俺に髪飾りを差し出した。

木製。多分香木を使っているのだろう。

価値は分からないが、東方では貴人が使うような品物なのだと思う。

「ありがとうございます」

俺は恭しく受け取って懐にしまった。

「それで、ここはゾルタン共和国で間違いないか？」

虎姫は真剣な表情で俺達に尋ねた。

「はい、〝世界の果ての壁〟の向こうにある国です」

「そうか……！」

虎姫の冷静だった表情が崩れた。

喜びの感情をむき出しにし、両拳を握りしめている。

やはりこの２人は絶対に果たさなければならない使命があって西へ来たのだ。

船の戦士が残した言葉である『世界を救う希望』。

虎姫はどんな秘密を抱えているのだろうか。

「そうと分かればこうしてはおられん！」

「ま、待ってください⁉」

虎姫はベッドから体を起こそうとした。

慌てて止めようとするが、俺が動くより速く虎姫の体が力なく崩れた。

「虎姫様！」

「お、おのれ、これしきのことで……」

側にいた葉牡丹が抱きとめ、虎姫の体を優しくベッドへ横たわらせた。

「虎姫様！　どうかあまり無理をなさらないでください！」

「しかし我らには時間がない、漂流によってすでに深刻な程遅れておるのに」

だが虎姫の体は動かない。

ついさっきまで昏睡していたのだから当たり前だ。

「2、3日もすれば動ける程度には体力も戻ってくるでしょうが、まだ旅をするのは難しいと思います」

俺の言葉に虎姫は唇を噛んで悔しがっている。

「拙者にお任せくださいませ！」

葉牡丹が小さな胸を張って言った。

「拙者が必ず『勇者』ルーティ様を見つけてまいります！」

何？

そういえば出会った時もルーティの名前に反応していたが、『勇者』に会うことが目的だったのか。

「……それ俺達の前で堂々と叫んでよかったのか？」

「は⁉」

素直だ、素直過ぎる……。

虎姫も頭を抱えているようだった。

＊　　　＊　　　＊

5分後。

落ち込んでいた葉牡丹も、頭を抱えていた虎姫も何とか冷静さを取り戻したようだ。

「……聞かなかったことにしますか」

「いや、今更忘れろなどと言っても遅かろう……『勇者』を探していることで目立ちたくはなかっただけだ」

「そうですか……」

虎姫はどうすべきか考えているようだ。

困った立場になったな。

「『勇者』ルーティは消息不明」

ルーティが言った。

「消息不明ですか⁉」

「でも新しい『勇者』であるヴァンがいる。魔王軍との前線で戦っているはずだから、もし『勇者』の力が必要だというのなら相談してみると良い。今日葉牡丹が話をしたゾルタンの偉い人達に頼めば、護衛する兵士や移動のための船も用意してくれるはず」

これまであまり喋ってい（しゃべ）なかったルーティが、理路整然とアドバイスをしたことで葉牡丹は驚いている。

だが虎姫は首を横に振った。

「いや我々に必要なのは真の『勇者』であるルーティなのだ」

「真の『勇者』？」

動揺する心を隠して俺は首を傾げた（かし）。

ヴァンの『勇者』が、デミス神の作った『勇者』の模造品だと知っているのか？

俺達は東方についての情報が何もない。

ヒスイ王国は『勇者』と『魔王』と加護についてどれくらいの知識を持っているのか。

大丈夫だ、冷静さを保て。

「もしヒスイ王国の戦況が苦戦し戦力が欲しいというのなら『勇者』にかぎらず、連合軍の司令部に相談した方が良いと思いますよ。こちらの戦況は我々が有利だそうです。〝世界の果ての壁〟を越えて東方へ援軍を出すのは難しいでしょうが、あなた達の問題を解決するため助力を惜しむことはないでしょう」

「いや、そうではないのだ」

「……そういうことなら私達はあまり力にはなれないでしょうが、アヴァロニア王国を目指すのが良いでしょう。『勇者』ルーティはアヴァロニア王国から旅を始めたそうです」

俺の言葉を聞いても虎姫の反応は薄い。

これは……『勇者』ルーティの居場所についての情報も持っているのか？

「事情を聞いてつい差し出がましいことを申し上げてしまいました、お許しください」

「いや、助言感謝する」

さてどうしたものか……。

深くは立ち入らないつもりだったが、ルーティを探しているとなるとそうはいかない。

どういう立ち位置で情報を集めるか。

「貴公」

虎姫が俺を見ている。

俺は辺境の薬屋としての表情で視線を返した。

「どうか葉牡丹をしばらくの間、貴公の家に置いては貰えぬだろうか」

「葉牡丹を？」

「虎姫様!?」

俺は困惑して、葉牡丹は驚いて声を上げた。

「葉牡丹、『勇者』ルーティを探すことは我々の使命だ、なれど妾はまだ身動きが取れぬ。口惜しいが次の満月までは力を取り戻すことに専念しようと思う」

次の満月というと6日後か。

「それならなおさら力を失っている姫様をお一人にすることなどできません！」

「狼狽えるな！　今何を優先すべきか考えろ」

「ですがもし姫様の御身に何かあれば拙者は……」

「このゾルタンに魔王軍の手は及んでいない。葉牡丹よ、お主はやるべきことをやらねばならん」

「………」

眼の前で会話が繰り広げられているが、困惑している俺は置いてきぼりだ。

これ俺が葉牡丹を預かるって話なんだよなぁ。

「どうするレッド？」

リットが俺の耳元でささやいた。

「う～ん、そうだな……リットはどう思う？」

「私は預かってもいいと思う」

「ふむ」

「私達は今あまりにも情報不足だから、葉牡丹を預かって交流するのもありだわ」

「そうだな、リスクはあるがそれ以上に情報不足が深刻か」

それに俺とリットが対応した方が、ルーティが直接対応するよりリスクは少ないはずだ。

「葉牡丹」

「レッド殿……」

俺は葉牡丹に声をかけることにした。

「虎姫様の護衛が問題なら、それはゾルタンの衛兵に頼んだりお金を支払って冒険者を雇うこともできる。だけどその使命というのは葉牡丹にしかできないのだろう？」

「しかし見ず知らずの者に姫様の身を預けるわけには」

俺は素早く一歩踏み込みながら人差し指を葉牡丹の額に当てた。

葉牡丹は何一つ反応できなかった。

「俺は薬屋だがこれくらいできる。酷なことを言うようだが単純な護衛戦力という点では、葉牡丹がここにいることが最善というわけではないと思う」

「う、うぅ……」

葉牡丹の目に涙が浮かんだ。

うっ、罪悪感が……。

そもそも葉牡丹はまだ子供なのだ。

「力が足りないのは仕方がない、俺もそうだ。そして今から急に強くなることはできない」

「拙者はどうすれば」

「だから自分の力で今何ができるのかを考えるんだ。弱さは知識と判断力で補うことができる。どんな状況でも自分にできることは必ずある」

「レッド殿……!!」

あーやだやだ、こんな子供を言いくるめて。

自己嫌悪に陥る。

アドバイスも本心ではあるのだが、『勇者』ルーティを探しているという2人の情報を探るという理由からの言葉でもある。

勇者ヴァンの事件が終わってからこういう駆け引きから解放されたと思ったんだが、まさか東方から騒動がやってくるとは。

だが……まだ平和な状況だ。

剣を抜くような事態にならないといいなぁ。

＊　＊　＊

翌日。

昼になり、再び俺は葉牡丹のいる病院に向かっていた。

虎姫が目覚めたばかりだったこともあり、昨日は葉牡丹も病院で一夜を過ごしたが今日から5日間、俺の店で預かるという段取りになった。

これから迎えに行くところなのだ。

中央区へ向かう道の両脇には住宅が立ち並んでいる。

1階が作業場となっていて職人達が住んでいる通りだ。

コンコンとリズミカルな音がする。

職人が鍋を叩(たた)いている音だ。

中を覗(のぞ)き込んでいる男は中央区の商人だ。

良さそうな商品を探しているのだろう。

店を隔てる塀の上で猫がウトウトとまどろんでいた。

猫を眺める見習い職人の少年と、頬杖(ほおづえ)を突きながらパイプを燻(くゆ)らし少年を眺める親方。

平和なゾルタンの午後だ。

「今度新しい鍋を買うか」

そんなことをつぶやきながら俺は通りを進んでいった。

やがて病院が見えてきた。

受付で話を済ませ俺は葉牡丹達のいる病室への階段を上る。

階段に使われている木の板がギシギシと音を立てた。

この病院が建てられたのは結構昔で階段も古びた感じがあり、このきしみ音も木材が変形して僅かな隙間ができたから鳴っているのだろう。

だが壊れそうな感じはない、あと100年は使えそうだ。

病室の前に到着し、俺は木でできた扉を開ける。

そこには膝をついて座り、床に額をつけて頭を下げている葉牡丹の姿があった。

「レッド殿！　この葉牡丹、不束者(ふつつかもの)ではございますが、お側(そば)に置いていただきありがたく存じ上げます！」

葉牡丹の大きな声が病院に響いた。

どうしよう？

＊　＊　＊

「とりあえず、だ」

　俺は葉牡丹を普通に座らせて言った。

「ただゾルタンでの活動する拠点と情報を提供するというだけで、そんな主従の契りみたいな気合は必要ない」

「申し訳ありません！」

「うん、もっと軽い気持ちで謝って欲しい」

　俺は困って虎姫を見たが虎姫は黙ったままだ。

　あの表情は、頑張っている部下を見守る上司の表情だ。

　あの表情をしている上司は、ちょっとできなくても今後の成長のために最後まで手助けしない。

「……じゃあまぁとりあえず、５日間お預かりします」

「うむ、葉牡丹」

「はい！」

「頼んだぞ」

「はい!!　拙者にお任せくださいませ！」

　葉牡丹と虎姫はお互い気合の入った別れを済ませた。

　俺は葉牡丹の態度を何も改善することができないまま、葉牡丹を連れて病室を後にしたのだった。

＊　　＊　　＊

ゾルタン市場。

俺は店に戻る前に葉牡丹を連れて買い物に来ていた。

「ここがゾルタンの市場だ。物が集まる場所だが、人も集まる。ゾルタンの外にある村から野菜や魚とか売りに来る人もいるし、情報を集めるには良い場所だろう」

「…………」

「聞いているか？」

「は、はい！」

どうやら聞いていなかったようなのでもう一回説明しておいた。

心が浮ついているな。

「ヒスイ王国の外に出るのは初めてか？」

「あ……いえ、そういうわけではないのです。でも西方に来たことは初めてなので驚いています」

「そりゃ驚くか、ヒスイ王国の市場はこういう感じじゃないのか？」

「そんなに違いはないですけど、ヒスイ王国はもっと騒々しいです」

「のんびりしているのはゾルタンの特色だな、他の国ならもっと騒々しいぞ」

「そうなんですね、見てみたいです」

初めて来た国の市場を見た反応としては自然なのかもしれないが……葉牡丹は年齢相応の反応を見せている。

「ついでにゾルタンを案内してやりたいところだけれど、まずは病院と俺の店の間の道をおぼえることが先決だからな。俺も仕事が残っているし、今日のところはこの市場だけで我慢しておいてくれ」

「ありがとうございます!!」

「明日の午前中で良ければ主だった場所は案内できるが、どうする？」

「ぜひお願いします！」

「分かった」

明日はティセも誘ってみるか。

ティセなら俺とは違う視点から葉牡丹のことを観察できるだろう。

「さて俺はこれから夕飯の食材を買うが」

「はいお供します！」

「そ、そうか」

即答されてしまった。

時間が無いと言っていたから、てっきり俺が買い物している間に情報収集するのかと思っていたが違うようだ。

文化の全く違うであろう町だし、俺がどのように振る舞うか見たほうが良いと判断したか？

「こう見えても力には自信があるんです！　お荷物は拙者にお任せください！」

これが計算された素直さだとしたら、忍者ってのはすごいものだと感心するが……。

「ふんす！」

どう見ても役に立てることを喜んでいる子供だよなぁ。

……そういえばこの子の加護は何なのだろう？

『戦士』や『魔法使い』といった普通の加護では無い。

船の上で戦うところは見たが、身体強化以外のスキルは感じなかった。

東方でしか発生しない加護がある可能性もあるし、こちらも情報不足だな。

「今日はオムレツを作るか」

「オムレツですか？」

「卵を使った料理だよ」

「卵というと何の卵でしょう？」

「あ、鶏卵だよ。ヒスイ王国では違う卵の方が多いのか？」

「えっと、私のいた所ではあまり鶏卵は食べなかったです」

「あー、なにか規律があって好まないとかあるのか？　だったら別の料理にするが」

「いえ！　西の料理すごく興味あります！」

俺の言葉を遮るくらいの勢いで言われた。

「よしそれならとびっきりのオムレツを作ろう」

俺と葉牡丹は市場を回った。

「やあレッドさん、今日はいい卵が手に入ったよ！」

「玉ねぎと人参(にんじん)かい？　だったらうちのを買わないと損だよ！」

「レッドじゃないか、今日は何を作るんだ？　うちの肉を買ってくれるんだろ？」

市場では色んな人から声をかけられる。

市場には専業の商人もいれば、村で採れた野菜を売りに来る農家もいる。

よく肉を買っている店のおじさんは、北区で牧場を営んでいる人だ。

日焼けした顔をクシャクシャにして笑う顔を見ていると、俺の故郷で小さい頃にお世話になった牧場主のケントさんを思い出して懐かしくなる。

「わぁ……」

袋に入った食材を見て、葉牡丹は目を輝かせている。

一般的な食材だが、ヒスイ王国では珍しいのかもしれない。

騎士団時代に読んだ東方を旅した男が書いた資料によれば、アヴァロニア王国で手に入る食材は概ね東方でも手に入るみたいなことが書かれていたのだが、古い資料だったし実際には違うこともあるのだろう。

資料だけの知識だとやはり不安があるな。

「料理というのはこんなにたくさんの材料を使うのですね」

「メインの食材はこんなものだな、次は香辛料だ」

「塩ですか？」

「塩は調味料だな、塩も使うけど塩は家にあるから今日は買わない。今から買うのはニンニクと胡椒だ」

「おお？」

葉牡丹はあまりピンときていないようだ。

普段から料理をしないなら、形として料理にない調味料や香辛料は分からなくても仕方がないだろう。

市場の中心から外れた所に、いつもその店は開かれている。

黒いローブを着たお婆さんの店で屋根付きの荷車をそのまま店にしている。

荷車の上には胡椒や辛子、ミントやホースラディッシュなどが並べられていた。

また荷車の屋根からニンニクが吊るされていた。

ゾルタンで手に入る香辛料は大体ここに来れば揃う良い店だ。

「その嬢ちゃんは見ない顔だね」

ニンニクを買おうと寄った香草を売っている店の店主がそう言った。

鷲鼻のお婆さんで、いかにも魔女という外見だ。

加護は『虫使い』。

若い頃は他の国で冒険者をしていたそうだが、今はゾルタンに隠棲し虫を扱う力を農業に役立てて生活している。

名前は教えてもらえていない。無理に聞き出そうともしていないが、多分かつては大分危険な生き方をしてきたのだと俺は思っている。

「ひひひ、またレッドの妹かい？」

「せ、拙者が妹!?」

葉牡丹は困りながら焦っていた。

「何言ってるんだよ、こんなに似ていない兄妹がいるか？」

「ひひひ、それもそうだねぇ」

当然、店主もそんなことは分かっている。

ヒスイ王国生まれの葉牡丹と、アヴァロニア王国生まれの俺とでは顔つきが違うのだ。

兄妹だなんて思うはずがない。

「しかし変わった子だねぇ、一体どこの国の出身なんだい？」

店主は葉牡丹に顔を近づけて言った。

葉牡丹の表情がこわばっている。

「それお婆さんの悪い癖だよ、怖がっているじゃないか」

「ひひ……ごめんよ、私は目が悪くてねぇ」

「お婆さんの顔は怖いんだから、それでいつも子供を泣かしているだろう」

「そんなこと言わないでおくれよ、私は子供が好きなんだ……ああそうだ」

店主はカウンターに置かれていた袋からクッキーを一枚取り出した。

「ほら美味(おい)しいクッキーだよ」

「あ、ありがとうございます」

葉牡丹はお婆さんからクッキーを受け取った。

あ、食べた。

「⁉」

クッキーを一口かじった葉牡丹は、目を白黒させて驚いている。

「どうだい？」

お婆さんは口を横に大きく開けて言った。

あー、怖がらせないように笑っているのだ、逆効果だけど。

あのクッキーはお婆さん特製の色んな香辛料がたっぷり入った、口の中が弾けるような味のするクッキーだ。

それと、あんまり甘くない。

「お、美味しいです」

「そうかい！　嬉しいねぇ、それじゃあもっとあげようかね！」

「!?」

葉牡丹は困っている。

あとでこっそり捨てるなんて思いもつかないんだろうな、良い子だ。

俺は苦笑しながら葉牡丹の肩を叩く。

「俺もそのクッキー好きだから、あとで俺にも分けてくれ」

「はい！」

好みの分かれる味で子供にはだいたい不評だが、大人だと好きな人も多い味だ。ちなみに俺は結構好き。

俺もお婆さんにお礼を言うと、胡椒とニンニクを買って市場を後にしたのだった。

＊　＊　＊

店に戻ったのは午後3時頃。

「おかえりなさい！」

「ただいま」

帰ってきたらいつものようにリットと軽い抱擁。

葉牡丹もいるが、本当に軽い抱擁なので問題ないだろう。

「え、あ……」

振り返ると葉牡丹が顔を赤くしてドギマギしていた。

「破廉恥です」

「え、あ……」

今度は俺が慌てる番になってしまった。

あれ、これくらい普通のことだと思ったのだが。

「この1年でお前ら段々エスカレートしてるんだよ」

「ゴンズも来てたのか」

カウンターのところにハーフエルフの大工ゴンズが呆（あき）れた顔をして立っていた。

「薬草クッキーを買いに来たんだ、ついでにリットさんと世間話もな」

「仕事は良いのか」

「友達と世間話する方が大切だろ？」

ゴンズは当然だというように断言した。

相変わらず大工の腕は良いがダメ人間のゴンズだ。

「タンタの様子を聞いてたの」

リットが言った。

なるほど、タンタか。

タンタは『枢機卿』の加護に触れてから、本格的に大工の仕事と加護レベル上げを始めた。

だから、外を歩いていてもタンタが遊んでいる姿を見かけることはあまりなくなってしまった。

子供の成長は喜ばしいことだが、少し寂しいとも感じる。

「タンタは大丈夫か？　大人に交じって毎日働くのも、加護レベルを上げるためにモンスターと戦うのも初めての経験だろう。辛くて泣いたりしていないか？」

「タンタは俺の見込んだ男だぜ？　大工の仕事の熱意ならもううちの一番手だ。モンスターと戦うのはそんなに乗り気じゃないみたいだが、その分余計なことをせず指示通り真面目に戦っているよ。冒険者を目指しているわけじゃないんだから、それくらいがちょうど良いんだろう」

「そうだな、戦いの工夫については詳しい人に任せておくのが良いだろう」

「それに仕事場を仕切っているのは俺だぜ？　仕事が嫌になるほど働かせたりしないぜ!!」

「そんなに胸を張って言うことかなぁ」

　俺は苦笑した。

　まぁどうやらタンタは楽しくやっているようだ。

「それで、その子は一体どこの子だ？」

　ゴンズは葉牡丹を見て言った。

　葉牡丹がまた仰々しい挨拶をしようとしたので、やんわりと止める。

「この子は葉牡丹、わけあって5日間うちで預かることになったんだ」

「へぇ、てっきり俺はまたレッドの妹が来たのかと思ったぜ」

「それもう香辛料屋のお婆さんから言われているから、新鮮味がない冗談だぞ」

「げっ」

　ゴンズのしまったという表情に、俺とリットは笑った。

「こいつはゴンズ、俺の友達で大工の棟梁だ」

「ゴンズ殿ですね！」

「おうよ、ゾルタン一の大工ゴンズとは俺のことだ！　家を建てる予定があるなら俺に任せときな！」

「は、はい！　その時は相談させていただきます！」

「いやいや、家を建てる予定なんてないだろ」

あんまり冗談とか言われない環境で育ったんだろうな。

「さて、そろそろ仕事に戻らないとタンタに怒られるな。リットさん、薬草クッキーを2ダース頼むよ、あと二日酔いの薬も」

「はーい」

リットが素早く二日酔いの薬と薬草クッキーを包んだ。

惚れ惚れする手際だ、1年前は器用さで速かったが今はさらに動きも効率的になっている。

これも1年一緒にいた成長だ。

「薬草クッキー……」

葉牡丹の顔がこわばっている。

多分、お婆さんの香辛料クッキーの味を思い出しているのだろう。

「1つ食べてみるか？」

「え、ええっと、拙者はお腹が……」

「はは、これは大丈夫。リンゴのジャムを使った甘いクッキーだよ」

「それなら、まぁ……」

俺はカウンターに置かれたカゴに入っている薬草クッキーを一枚取り出し、葉牡丹に渡した。

葉牡丹はじっとクッキーを眺め、匂いを嗅ぎ、危険なものではないかと調べている。

「なんであんなに警戒してんの？」

「香辛料屋のお婆さんのクッキーを食べたんだよ」

「あー、なるほどなぁ」

ゴンズは苦笑して言った。

「失礼いたします……！」

葉牡丹は意を決して薬草クッキーをかじった。

「わぁ」

そしてこわばっていた表情がパッと輝いた。

「お口に合ったようだね」

「はい！　とても美味しいです！」

すぐに2口目を食べ、3口目ですべて食べきった。

「そのクッキーには薬が練り込んであって、風邪や疲労に効果があるんだ」

「おおっ」

「風邪の予防にも効果があるし、子供の成長に必要な栄養も補えるから、食べ過ぎない程度に毎日食べても良いクッキーだ」

「レッド殿はすごいクッキー屋さんなのですね！」

「薬屋な」

リットがクスクス笑っている。

「緊張しているかと思ったけれど、レッドのおかげですっかり馴染んだみたいね」

リットが言った。

葉牡丹は病院を出た頃に比べたら随分肩の力が抜けている。

いい傾向だな。

「あらためて、私はリット。よろしくね」

「こちらこそ改めまして葉牡丹と申します！　リット殿、不束者ではありますが、どうかよろしくお願いします！」

「不安なことも多いでしょうけど、せめてこの家の中ではリラックスして心と体を休めてね」

「お心遣いありがとうございます！」

直立不動で挨拶する葉牡丹に、リットは微笑んで薬草クッキーをまた一枚渡した。

葉牡丹は目を輝かせて受け取り食べている。

両手で大事そうに持っている姿は、ちょっとリスっぽい。

それから俺は、葉牡丹に家の中を案内した。

お風呂を見てもさほど反応をしなかったところを見るに、入浴の習慣は無いようだ。

本で読んだヒスイ王国の情報はあんまり当てにならないな？

「それじゃあ荷物があるならこの部屋に置いてくれ。自由に使っていいけど、日中はうるさいだろうから夜間行動で昼に眠る場合は俺とリットの寝室を使ってもいい」

「はい！」

「食事は一緒に食べるなら葉牡丹の分も作るが、時間が合わない時は先に教えてくれると助かる」

「食事まで用意してくださるんですか！」

「そりゃ預かったんだから衣食住は面倒みるさ……服の用意は大丈夫か？」

「はい、これ一着あれば問題ありません！」

「……もしかしてアイテムボックスとか持っていない？」

だとすると葉牡丹の所持品は見たまま、荷物は懐に入る程度の量しか持っていないことになる。

知り合いのいない異国の地に滞在して情報集めを行うのに、それは心もとないだろう。

だが、俺の心配に気がついた様子もなく。

「はい、拙者の持ち物はこれだけです」

そう言って葉牡丹は布を広げると、中に包まれていた僅かな旅用の日用品と手裏剣を見せてくれた。

うーん……。

「明日、服を買いに行くか」

＊　　　＊　　　＊

翌日になり、朝のお客さんが多い時間が過ぎた頃。

俺、葉牡丹、ルーティ、ティセの4人はゾルタンの町を歩いていた。

うげうげさんはヤランドララと一緒に海へ行っているそうだ。

沈没したヒスイ王国の船を調べに行っているのだろう。

俺達は俺達のやるべきことをしないとな。

「ここがゾルタンの冒険者ギルドだ」

「冒険者ギルドですか？」

「……ん、そうかヒスイ王国に冒険者ギルドはないか」

先代勇者の時代、先代魔王が倒された後国家を再建中、戦争が終わって職を失った戦士達を集めて治安維持活動を行ったのが冒険者ギルドの始まりだ。

当時唯一の国家だったガイアボリス王国が崩壊し、現在の国々へと分裂していく中、冒険者ギルドも各地へと支部を増やしていった。

これらは全部〝世界の果ての壁〟のこちら側の話だ。

当然、東方にあるティエンロン王国とヒスイ王国は関係ない。

「冒険者ギルドは、戦闘能力や他の専門技能を持った冒険者達に仕事を依頼できるところなんだ。モンスターの討伐や、危険な場所の調査、それに護衛といった仕事を頼む人が多いな」

「口入れ屋みたいなものですか？」

「ヒスイ王国にも似たような職業があるのか？」

「いえ、口入れ屋は仕事の斡旋(あっせん)だけで、依頼を受ける人は口入れ屋に所属しているわけじゃないんです」

「なるほど、それはちょっと違うな」

どうやら口入れ屋は依頼人とフリーの戦士の間を取り持つ仕事のようだな。

似ているようで、所属している冒険者達を相手にするギルドとは違う。

冒険者が依頼人から信頼されるよう、そして冒険者にとっても依頼が信頼できるよう管理するのも冒険者ギルドの業務内容なのだ。

「人が必要ならここで相談すれば力になってくれるだろう。冒険者は色んな依頼を受けているから情報も集まるが、そっちは信頼されないと教えてくれない人がほとんどだろうし、最近来たばかりの葉牡丹には難しそうだな」

「そうですか……」

まぁ交渉の達人なら情報を集めることも難しくないのだろうが、葉牡丹にそういう能力があるようには見えない。

「ちなみに私達も冒険者ギルドに所属しているんですよ」

ティセが言った。

「私とルーティ様はこのゾルタン冒険者ギルドのBランク冒険者なんです」

「Bランク冒険者ってすごいんですか？」

「一番上がSランク、次がAランク、そしてBランクなので3番目ですね」

「おおー」

上から3番目と聞いて葉牡丹はルーティとティセが腕の良い冒険者だと理解したようだ。

だが3番目では英雄級ほどではないという印象も受けているはずだ。

ルーティが『勇者』だと隠したい今ならちょうどいい印象だろう。

「中に入って紹介だけしておくか？」

「紹介ですか？」

「今後冒険者ギルドを利用するなら、俺の知り合いだと紹介しておいた方がやりやすいだろ？」

「なるほど、そういうことですか！」

俺達はギルドの扉を開けた。

「あ、ルーティさん、ティセさん、それにレッドさん！」

「こんにちはメグリアさん」

カウンターにはメグリアが座って剣を磨いていた。

なんで剣を磨いているの？

「受付の職員にしか見えないのに武装しているとは、これが冒険者ギルドですか……！」

「そうこれが冒険者ギルド」

「ルーティ様の言葉は間違っていないんですけどややこしくなりそうなので忘れてください」

「……そう」

ティセに指摘されルーティはちょっと凹んでいる。

「その剣は？」

「これは壁に飾ろうと思っているんです」

「真剣みたいだけど」

「ここは冒険者ギルドですから、壁に掛ける装飾品もちゃんと使える剣にしようってギルド長が言ってたんです」

「そりゃ手入れが大変そうだな」

装飾用の剣は武器としての性能よりも美しさや錆(さび)に強い材質を重視するものだ。

特にこういうギルドや店など人が出入りする所に飾る剣は、手入れが簡単であることが
大切だ。

でもメグリアが磨いている剣は実用品として作られた剣で、ちゃんと手入れをしないと
錆(さ)びてしまう。

「ハロルドさんの思いつきにも困ったものだな」

「ガラティンさんがいない隙に変なこと言い出すんですよ」

「ガラティンさんは不在なのか」

「近隣の冒険者ギルドが集まる会合があるんです。5年に一度の大きな会合で1週間もか
けて色んな話し合いをするのでガラティンさんじゃないと駄目なんです」

「それこそギルド長のハロルドさんが行くべきじゃないかな」

「あはは」

メグリアさんは困ったような笑みを浮かべた。

「こちらでも剣を飾る文化があるのですね」

　葉牡丹が興味深そうに言った。

「おや、その子は？」

「あ、申し遅れました！　拙者、ヒスイ王国の忍者葉牡丹と申します！　故あってレッド殿の家にご厄介になっております！」

「ヒスイ王国⁉」

　メグリアさんは驚いて目を丸くしている。

　あー、ガラティンがいたなら昨日のうちに入院している虎姫のことも把握して、ギルド職員に伝えていたのだろうけど、いないのなら知らなくても仕方がない。

　俺は葉牡丹がうちに来るようになった経緯をできるだけ簡潔に伝えた。

「こんな子供なのに漂流して仲間もみんな……大変だったんですね、ぐすっ」

　メグリアは葉牡丹の身の上に同情して涙を浮かべていた。

　が、当の葉牡丹はメグリアが持っている剣に興味がある様子でじっと見つめていた。

「剣は好き？」

　ルーティが尋ねた。

「はい、優れた剣はどんな辛い運命でも切り拓けるんです」

「そう？」

葉牡丹に言葉に、ルーティは思うところがあったのか同意しなかった。

「これ私の剣」

ルーティは背中に背負った剣を抜いて見せる。

ルーティの剣は穴の空いたゴブリンブレード。

「あんまり良い剣ではありませんね」

葉牡丹は正直な感想を言った。

ゾルタンに来た時にゴブリンの集落で譲り受けた両手持ちの大剣だ。

穴が空いていることで大きさの割に軽く脆い剣だが、ルーティは刃こぼれ1つ残すこと無く使っている。

「そう、この剣は特別なものじゃない。でも私はこの剣で自分の運命を切り拓く。大切なのはどんな剣を使っているかじゃない、その剣にどれだけの意志を込めているか」

「意志ですか……？」

「うん、意志。人間の持っている一番大切なもの」

ルーティは剣を葉牡丹に手渡した。

葉牡丹はじっと剣を見つめ、

「拙者にはよく分かりません」

とつぶやいていた。

＊　　　＊　　　＊

冒険者ギルドを出て、俺達はゾルタンの主要な施設を回って行った。

「ここらへんが北区の宿が並んでいるあたり。冒険者や外の村から農作物を売りに来た農家も利用している。さらに進めば城門だ」

「美味しそうな匂いがします！」

「ここが中央区のゾルタン議会、ゾルタン聖方教会はあっち。ヒスイ王国からの来訪者である葉牡丹は特別扱いされるだろうから、権力者の協力が欲しい場合はここに話をつけるといい」

「大きな建物ですね！」

「西に進めば川が見えて港区に入る。船乗り達の中にはゾルタン以外の国に行った人もいるから、外国の情報ならここだが……まぁあまり期待しない方がいい」

「これが西の船ですか！　私の知っている船とは全然違いますね！」

「そこから北へ進むとサウスマーシュ区。外からの移民や裏社会を仕切る盗賊ギルドがある。情報収集には向くが、治安が悪いところだ。俺は盗賊ギルドにはコネがないから、ここを利用する時は力になってやれないな」

「あの人なんだかこっちを睨んでいます、怖いです！」

「南に戻ると南区、通称下町。俺達が住んでいる区画だな。職人が多く住んでいて、ゾルタンの加工品はここで作られている。葉牡丹の目的にはあまり関係のない町だが、良いところだよ」

「また美味しそうな匂いが……お腹が空いてきました」

*　*　*

時刻はお昼時、下町。

「はふはふ」

葉牡丹は白身魚とサツマイモのフライを美味しそうに食べている。

「サツマイモの揚げ物なんて初めて食べました」

「去年の冬にレッドさんが新しい油を開発してから味が良くなってんですよ」

「ほうなんでふか⁉」

「はいはい、飲み込んでから喋ろうな」

「しふれいひまひた」

葉牡丹は慌てて口の中のものを飲み込む。

「ふぅ……油を作るとはレッド殿は薬屋さんじゃなかったのですか？」

「ちょっと前に戦争があってな。海路を封鎖されて、輸入していた油が届かなくなることがあってね。それでゾルタンにあるヤシの木から作れる油を開発したんだ」

「すごいですね……もしかしてレッドさんが『勇者』ルーティだったりしませんか？」

「は？」

予想外の言葉に俺は思わす聞き返し、それから吹き出した。

「あはは……！」

「も、もちろん冗談ですよ」

「分かってる、だけど俺が『勇者』ルーティだとはなぁ」

そんなことを言われたのは初めてだ。

俺の『導き手』は最強の加護『勇者』とは正反対と言っても良い存在だ。

「俺が『勇者』であるはずがない」

「分かってますよ、でも剣術もすごいですし、色んな人から慕われています。困っている人がいれば薬や油を作って助けてあげる。これって『勇者』みたいじゃないですか？」

「いや、ぜんぜん違う」

「うん、ぜんぜん違う」

俺とルーティはそう言って首を横に振った。

「『勇者』は最強の存在。誰よりも強いし、どんな絶望にも立ち向かえる、傷ついた人を癒やすことも、兵士達の先頭に立って戦うこともできる。でも剣術も、友達も、困っている人のために薬や油を作る知識も、加護は与えてくれない。だからお兄ちゃんは『勇者』ではない」

「そ、そうなんですね……」

葉牡丹はがっかりした様子で俯いた。

「葉牡丹は『勇者』とはどういう存在だと聞いていたの？」

ルーティの言葉に葉牡丹はパッと顔を上げた。

「正義の味方です！」

迷いなく言い放つ葉牡丹。

そこには希望の感情が見えた。

ルーティとの旅で出会った人々と同じ、どうしようもない状況で『勇者』に縋る希望だ。

「…………」

ルーティはなにか言いたそうだったが、

「皆さん、デザート欲しくないですか？　あちらに果物屋台がありますよ」

ティセの言葉に遮られた。

これ以上不用意な発言は控えて欲しいということだろう。

「『勇者』ルーティがどんな人かは実際に会ってみないと分からないな。よし、食後のデザートは何が良い？　甘いの酸っぱいのと色々あるぞ」

俺はそう言って話を打ち切った。

「……『勇者』ルーティなら拙者達を救ってくれるんです」

葉牡丹がポツリと言ったその言葉を、ルーティは黙って聞いていた。

＊　　＊　　＊

さて、一通り町を案内したし今日のもう1つの目的を果たそう。

「ここだ」

俺達が訪れたのはゾルタン下町にある洋服店。

入り口に掲げられた看板には〝マダム・オフラーの素敵なお洋服店〟と書かれてある。

「西のお店の名前は変わっていますね、文化の違いを感じます」

葉牡丹は看板を眺めながら言った。

店名は丸みのある文字で可愛らしく書かれ、その横には大きな口を開けて溢れんばかりの笑顔を見せている女性が描かれてある。

リットのお気に入りの店で、リットと一緒に俺も来ることがある。

「中に入ったらもっと驚くかもな」

俺は葉牡丹を連れて店の扉を開ける。

カランとベルが鳴った瞬間、軽やかな足取りで店の奥から1人の女性が飛び出してきた。

「いらっしゃい！　あらぁ、レッドちゃん、ルーティちゃん、ティセちゃん、それに可愛らしい子！」

「わっ⁉」

あらわれたのは長身の女性。

それもかなり鍛えられたがっしりとした筋肉を持つ女性だ。

「こんにちはオフラーさん」

「はいこんにちは、リットちゃんと一緒じゃないなんて珍しいわね」

「今日はこの子に服を用意してもらおうと思って。訳あって預かっているんだけど、この1着しか持っていないそうなんだ」

「あらあら、それは大変！　毎日同じ服しかないなんて気が滅入ってしまうわ！」

オフラーは大きな体を折り曲げ葉牡丹に視線を合わせた。

彼女は服を買うお客と向き合う時は必ず視線を合わせる。

そうしないと、本当にお客に合う服は見えないそうだ。

〝服は人から見られる景色だけではなく、着ている本人から見える景色も忘れてはならない〃と、オフラーは言っていた。

　俺は服飾の世界のことは何も分からないが、きっと剣術と同じようにどこまでも奥深いものなのだろう。

「あらまぁまぁ、それはヒスイ王国の服ね」

「はい！　分かるのですか？」

「もちろん、アヴァロン大陸の服なら全部分かりますとも」

　オフラーはニコリと笑って言った。

　迷いのないその言葉は、この人になら服のことを任せても良いと思える安心感がある。

　中央区の貴族向けほどではないにしろ、この店の服は高めなのだが下町の人々から愛されているのも分かる。

「ほらこれを見て」

「えっ、着物!?」

　オフラーが店のクローゼットから取り出したのはヒスイ王国風の服。

　かつてオフラーはアヴァロン大陸南部海路の要所である交易都市ラークで暮らしていたから幅広い服の知識を得る機会があったのだろう。

　葉牡丹の反応を見るに、どうやらこのキモノは本場の着物と比べても遜色ないものだったようだ。

「あなたに合うサイズがないのが残念ね。仕立ててみたいけれど、あなたはすぐに服が必要なのだものね、既製品（レディメイド）で探さないと」

「わわっ」

オフラーは薬牡丹の肩を摑（つか）むと、試着室へと連れて行った。

「ちゃんとどういう服がいいか伝えるんだぞー」

俺は薬牡丹に声をかけておいた。

まぁ、オフラーに任せておけば大丈夫だろう。

「せっかくだからルーティとティセも何か買っていくか？」

振り返ればルーティとティセも陳列されている服を見ていた。

「うん、私も1着買ってみたい」

ルーティが言った。

ティセは……。

「私は見ているだけです。私は服の中に色々仕掛けをしないといけないので、オーダーメイドじゃないと駄目なんですよ」

「なるほど」

暗殺者の戦闘スタイルだと投げナイフやら鎖やら色々仕込まないといけないだろうからな。

そういえば忍者はどうなんだろう？

葉牡丹も既製品（レディメイド）だと都合が悪かったりするのか？

「そこまで考えてなかったな」

「大丈夫だと思いますよ、私の見た限り服に仕掛けがあるというより持ち物を包んでいる布の結び方に工夫があって、必要な所持品を取り出しやすくなっているようです」

「ほぉ、やはり所変わればスタイルも違うな」

船の上で奇襲された時、手裏剣を投げたと同時に剣で斬りかかってきた動きは見事だった。

体力が十分ならもう少し驚いたかもしれない。

「でもまぁ葉牡丹さんは未熟ですね」

ティセが言った。

「英雄級の基準でなくとも、一般的な暗殺者と比べても未熟です」

「まだ幼いからな」

「そうですね、でも葉牡丹さんは使命を帯びています。そしてその使命はとても重いもののようです」

「そうだな」

「年齢は言い訳にできません。使命を果たせたか、果たせなかったか……ヒスイ王国の忍者という職業がどのようなものか私は正確な所を知りませんが、暗殺者にとってはそれがすべてです」

「まぁ多分忍者にとってもそうなのだと思う」

「だから暗殺者ギルドでは不可能な任務を与えないし、失敗したら救出して訓練をし直すといった方針を立てているんですけどね」

「暗殺者ギルドは福利厚生がしっかりしているからなぁ、騎士団の方がよっぽど酷かった気がする」

「ふふ……でも葉牡丹さんにはそういったバックアップはない。あんな幼い子には荷が重すぎるように私には思えます」

「……俺もそう思うよ」

「私は少し離れた所から葉牡丹さんを観察するという方針ですので、メンタルケアはお任せしますよ」

「事情もよく分からないからなぁ、どこまで立ち入って良いのやら」

「虎姫さんの考えもよく分かりませんね。でもあの方はキレ者だと思いますよ……暗殺者の勘ですが」

「だとすると葉牡丹の未熟さを踏まえた上で勝算があるということか」

　衰弱していたのもあって、俺には虎姫がどのような人物か推し量ることができなかった。

軽く見ているつもりはないが、今日の葉牡丹の様子を見ていると警戒心も弱まってしまう。

あんな未熟で幼い忍者を使って一体何ができるというのだろう。

「お兄ちゃん、この服どうかな？」

ルーティが俺に見せたのは、ヒスイ王国風の戦士服。

上は白いキモノで、下は紺色のハカマという服だろう。

「たまには外国の服を着るのもいいな、ルーティはそういう服を着てもよく似合うよ」

「良かった、試着してみるね」

ルーティはウキウキとした様子で試着室へ入った。

「はは」

俺は思わず嬉しさが声として漏れてしまった。

今のルーティは服にも興味を持っている。

可愛(かわい)い服を着てみたいというのも、ルーティが取り戻した人間性だ。

「どう？」

試着室から出てきたルーティの姿は、当然よく似合って可愛いものだった。

＊　＊　＊

買い物を終え、俺達は店の外へ出た。

「うーん、面白いな」

前を歩くルーティと葉牡丹を眺めながら言った。

ルーティはヒスイ王国の剣士風の服を着ている。

葉牡丹はドレスタイプの黒いワンピースを着ていた。

「ルーティがヒスイ王国の服を着て、葉牡丹がゾルタンの服を着る」

「面白いですよね」

俺とティセは2人並んでウンウンと頷(うなず)いていた。

葉牡丹には他にも寝る時に着る肌着と、動きやすく西側の町に溶け込みやすいチュニックとズボンも買ってある。

「ふふん」

ルーティも買った服が気に入っているようで上機嫌だ。

「………」

葉牡丹は……何か考え事をしているようだな。

服を着た時は喜んでいたから、服が気に入らないわけじゃなさそうだが？

「レッド！」

大きな声がした。

「モグリムじゃないか」

前方で手を振る背の低い影はドワーフの鍛冶師モグリムだ。

「それにモーエンも」

モグリムの隣には衛兵隊長モーエン。

「やあレッド君。一時期は顔を合わさないことがないくらい君の周りは騒がしかったが、今はすっかり落ち着いているな」

「去年は色々あったからな」

今年も春までは色々忙しかったが、夏は比較的平和だった。

まぁこの間の『聖者』エレマイトの件もあったが、この世界は戦いと冒険に満ちているのだ。

あれくらいは日常の範囲内というものだ。

「それにしても、モグリムとモーエンとは珍しい組み合わせだな」

「衛兵隊の使っとる装備の点検と修繕を頼まれてな」

「大口の仕事だな！」

「ああ、腕が鳴るわい！　まぁ何人かの鍛冶師と手分けしてやるつもりじゃが、そういった計画を立てるのに下見に行っておったんじゃ」

それからモグリムは葉牡丹に視線を向けた。

「初めて見る顔じゃな」

「はじめまして、拙者は葉牡丹と申します！」

「おお、元気のよい子だ！」

「ヒスイ王国から来たという子か！」

さすがに衛兵隊長のモーエンは知っていたか。

「ヒスイ王国から遥々やってきたのか、そりゃ大冒険だったのだろうなぁ」

「とても大変でした」

「儂は鍛冶師のモグリム、こっちは衛兵隊長のモーエンじゃ。武器の整備や調達が必要ならいつでも相談しに来ていいぞ」

「あ、拙者の刀は術が込められているので手入れは必要ありませぬ」

「刀はそうでも投げ物はそうではないじゃろう？」

「このモグリムは魔法の武器こそ作れないが、鍛冶師としての腕はゾルタンでも最高峰だ。ヒスイ王国の武器でも手裏剣くらいなら真似して作れるだろう」

「え、あ……」

モグリムとモーエンはそう言うと、いつでも頼って来なさいと優しく笑って去っていった。

「…………」

「モグリムは武器の専門家だから武器を隠し持っていることが分かったんだろう」

「そしてモーエンさんは衛兵隊の長。隠し持った武器を見抜くことも仕事のようなものです」

俺とティセはそう言って葉牡丹をフォローする。

オフラーと会ってから葉牡丹が考え込んでいた理由が分かったからだ。

「……拙者は弱いのでしょうか？」

葉牡丹は俺の顔を見ると、力なくそうたずねた。

＊　＊　＊

午後、レッド&リット薬草店。

「お疲れ様、はいハーブティーだよ」

店に戻った俺は、座っている葉牡丹の前にカップを置いた。

「この近くの山で採れる花で作ったんだ」

「……ありがとうございます」

「ルーティとティセもどうぞ」

「ありがとうお兄ちゃん」

「いただきます」

ルーティとティセの前にもカップを置く。

最後に自分の分を置いてから、俺も席に座った。

我ながら良い香りだ。

「レッド殿」

葉牡丹は視線をカップの上に落としたまま言った。

「拙者と剣を合わせたレッド殿にお聞きしたいのですが」

「ああ、良いよ」

「拙者は弱いですか？」

「弱くはないな」

本心だ。

「ですが今日だけで拙者より強い人に3人も会いました。それに昨日会った香辛料屋のお婆(ばあ)さんも……皆様を合わせたら9人です」

「そうだな」

「モーエン殿は衛兵隊長なので分かります。でも、洋服店のオフラー殿や、鍛冶師のモグリム殿、レッド殿とリット殿だって薬屋です……なのに拙者は皆様より弱いのです」

「オフラーさんの実力を見抜けたなら大したものだよ」

「拙者には託された使命があるというのに、それを果たす力がない……それが不甲斐なくて悔しくて」

異国の地で主君は倒れ、心細い中それでも託された使命を果たそうと気力を振り絞っていたのだろう。

その気力を支えていたのはこれまでの経験、繰り返すが葉牡丹は弱くない。

この年齢で、それだけの力を得るくらい努力をしてきた。

不安な状況の時に頼れるのは努力してきたという経験だ。

葉牡丹はその努力を疑いつつある。

まぁ仕方ないよなぁ。

外に出るということはそういうことだ。

「あんまり人に言うことじゃないんだが、オフラーさんはゾルタンに来る前は奴隷剣闘士だったんだ」

「奴隷剣闘士!!」

「ああ、大きな都市の闘技場で戦い、自由を勝ち取ってからも勝ち続け、最強の剣闘士

〝オフラー・ザ・レッドウルフ〟って呼ばれていたチャンピオンだったんだ」

「そんなにすごい人だったんですね」

「なんで剣闘士を辞めたのかまでは知らないけれど、オフラーさんが生きてきた物語は決して平坦(へいたん)なものではなかったはずだ、強くて当然さ」

「そう……ですね」

「鍛冶師のモグリムも香辛料屋のお婆さんも、みんなそれぞれ自分だけの物語を乗り越えてここまでたどり着いたんだ」

「普通の人じゃないんですね」

「誰だってそうなんだよ」

誰もが自分の物語を生きている。

乗り越えてきた戦いがあり、培われてきた強さがある。

俺の『導き手』には〝初期レベル＋30〟という生まれつき強いという特性があるが、それだけに頼っていたら俺は旅の途中で死んでいただろう。

「葉牡丹に足りないのは経験だな、まだ子供なんだから当然だ」

「……はい」

「だがそれでもやらなきゃいけない……それが葉牡丹の戦いだ」

「分かっています……」

「まぁだから何が言いたいのかというとだな」

俺は一口ハーブティーを飲んだ。

つられて葉牡丹もハーブティーを飲む。

「美味しいです」

葉牡丹の表情が和らいだ。

「今やれることをやる、やれないことは他人を頼る。勝てない相手には勝てないし、できないことはできないんだ、そう思えば楽になる」

「はい」

最善を尽くし、それでも届かないこともある。

大切なのはそれに絶望して進むのを止めないことだと俺は思う。

「今のところ戦いは無さそうだし強さは気にしなくてもいいんじゃないか?」

最後に俺がそう言って笑うと、葉牡丹も少しだけ笑顔をみせてくれた。

＊　　＊　　＊

「それで明日からどうするつもりなんですか?」

ハーブティーを飲み終わった後でティセが言った。

「明日からですか」

葉牡丹は腕を組んで「うーん」と悩んでいる。

「こういう時は酒場で情報収集するのがいいって教わりました」

「まぁ基本ではあるな」

酒場で『勇者』ルーティがゾルタンにいるのか聞くのか。

成果はないだろうなぁ。

「酒場で知らない人に話しかけることはできる？」

ルーティがちょっと心配そうに言った。

葉牡丹は少し目を泳がせた後。

「頑張ります！」

うん、これは部下が失敗する時の反応だ、バハムート騎士団副団長時代によく見た。

「予行演習するべき」

「予行演習ですか？」

「そう」

葉牡丹の様子を見かねたのか、ルーティが予行演習の提案をしてきた。

ルーティがこうした提案するのは意外だな。

「私が酒場のお客さんをやる、葉牡丹は私に話しかけて」

「わ、分かりました！」

おお、いきなり始まった。

俺とティセは慌てて椅子を動かし観客として見守る。

「ぐびぐび」

ルーティはカップを手に口で「ぐびぐび」と言っている。

お酒を飲んでいるつもりなのだろう。

可愛い。

「あの」

葉牡丹が声をかけた。

「ぐびぐび」

ルーティは気が付かない様子でお酒を飲む振りをしている。

「ええっと……『勇者』ルーティについてなにか知っていますか？」

どストレート！

ティセも渋い表情をしている……微表情だから分かりにくいけど。

「しらない、ていうかおまえだれ」

ルーティは冷たくそう言い放った。

でもセリフは棒読みだからそんなに冷たく聞こえない。

「私は葉牡丹です、ありがとうございました」

葉牡丹はそう言って頭を下げ、ちょっと自慢げに俺達の方を見た。

どうしよう、思ったよりポンコツだぞ。

「葉牡丹」

ルーティは手にしていたカップを置くと、葉牡丹に向き直る。

「は、はい、どうでしたか？」

「全然ダメ」

ルーティは容赦なくそう言った。

「な、なんと！　ちゃんと質問できていたと思ったのですが！」

葉牡丹は驚いていた。

自己採点では合格ラインだったようだ。

「今のやり方じゃ誰も葉牡丹に興味を持ってくれない」

「うぅ」

「情報を聞き出す基本は、まず相手に興味を持ってもらうこと。世間話として話せる情報ならそれだけで聞き出せる」

「おお！」

「さっきの会話、葉牡丹は自分のことを何も話していない。いきなり知らない人から質問されても、大抵の人は警戒してまともに答えない」

「うぅ、ではどうすれば？」

「見本を見せる」

ルーティは葉牡丹と席を入れ替えた。

「なぁティセ」

「レッドさんの言いたいことは分かります……ルーティ様がこういう会話の見本ができるかどうかですよね？」

「ああ、ルーティは理詰めで相手を納得させるとか、カリスマで士気を高めるとかはできるけど、こういうシチュエーションで饒舌に喋っているルーティを想像できなくて」

「私もです。ルーティ様は情報収集も得意ですが、こういうシチュエーションでは『勇者』の威圧感で相手を怯えさせて話を聞き出すくらいしかやっていなかったような……」

俺とティセは一抹の不安をおぼえながら見守る。

「ぐびぐび」

ルーティの真似をしてお酒を飲む擬音を口に出している葉牡丹に、ルーティはゆっくりと近づいていく。

俺はゴクリと唾を飲んだ。

「となりしつれいするよ、やあちょうしはどうだい、きょうはあついな、そとをあるいていたんだがのどがかわいてしかたないね、よくひえたビールをたのむ、せっかくだとなりのひとにもビールを、なぁにこれもえんだ、わたしはルーティというのだけれど、あんたは？」

　びっくりするほど棒読みだ！

　俺とティセは衝撃で固まってしまった。

「葉牡丹です、ビールありがとうございます」

「いいってことよ、ほらかんぱい、いいのみっぷりだね、もういっぱいやるかい？」

「はい、のみたいです」

「よしますたー、おかわりだ、ところでわたしはひとをさがしているんだが、ゆうしゃルーティのうわさについてなにかしらないか？」

「おおっ！　これはつい答えたくなります！」

「うん、こんな感じ」

　いやまぁ棒読みだけど内容自体は良いと思う。

「でも、こういう聞き込みは私やレッドさんがやった方が良さそうですね」

「ルーティの場合は酒場の会話を盗み聞きする方が得意だろうしな」

　ルーティは聴覚と情報処理能力がずば抜けているので、酒場で食事しながら何十人といる客の会話を同時に聞き分け記憶することができる。

旅をしていた時は、俺が話を聞きながらルーティは俺が情報を集めているのを見て反応する人はいないか見ていた。

適材適所だ。

「どうしましょう、私達が教えた方がいいと思いますか？」

「……いや、このままルーティに任せて良いんじゃないか」

ルーティの情報を引き出す考え方自体は間違っていない。

「お隣失礼します」

「もっと馴れ馴れしく」

「隣失礼するよ」

「子供なのを活かしてもっと幼い口調の方が警戒されない」

「おじさん、となり座ってもいい？」

ルーティと葉牡丹は真剣に情報収集の練習をしている。

少なくともあれができれば盗賊ギルドのチンピラ相手でもトラブルになることはないだろう。

それに、『勇者』ルーティの情報はゾルタンに存在しないのだから、今高度な技術を教えても意味はない。

俺やティセが最初から答えを教えるより、ルーティと一緒に考えながらやり方を身に付けた方が今後のためにもなるはずだ。

「俺達は見守るとしよう」

「そうですね」

葉牡丹のこともだが、ルーティもこうして人と交流するのはよいことだ。

それも最近知り合ったばかりの子供のために、こうも親身になって話している。

ルーティの世界はどんどん広がっている。

孤独だった少女の面影はもうどこにもない。

それが俺にとって何よりも嬉しかった。

＊　　＊　　＊

夜になり、葉牡丹はぐっすりと眠っている。

あの後、ルーティと一緒に実地演習として下町の酒場に行って聞き込みをやったそうだ。

『勇者』ルーティの情報は何も手に入らなかったが、下町の住人からは褒められたりアドバイスをもらったり可愛がられたりしたとのことで、葉牡丹は自信がついた様子で酒場でのことを話してくれた。

隣に座るルーティも誇らしそうだったな。

「お疲れ様」

リットが俺に琥珀色の液体の入ったグラスを差し出した。

「ありがとう、いい香りだな」

蜂蜜酒。

俺とリットが再会した頃に飲んだ思い出のお酒だ。

「リットこそ、今日一日ほとんど1人で店番してもらったな、お疲れ様」

「今日は結構お客さん来たよ、ちょっと涼しかったからかな」

「少しは秋が近づいてきたかな？　まだまだ暑い日が続くだろうけど」

「秋らしくなるのは来月かな」

蜂蜜酒を一口飲む。

「美味いな」

「私も飲もう」

俺達は2人っきりで向かい合って蜂蜜酒を飲む。

静かな時間が流れていく、心地よい時間だ。

「あの子どうだった？」

「葉牡丹か……うーん」

なかなか難しい質問だ。

「正直な印象を言えば、命を懸けて海を越えてきた忍者とは思えない」

昨日と今日葉牡丹と一緒に行動して感じたのは、ゾルタンという未知の町に対する不安と好奇心、俺やルーティという新しい知り合いを得られたことに対する喜び。

葉牡丹のおかれている状況を考えなければおかしくない、当然の反応だ。

「しかしあの戦士の執念を思うとなぁ」

死してなおティセにしがみつき言葉を遺した戦士の執念は、さまざまな冒険をしてきた俺でも見たことがないと言えるほど強いものだった。

「世界を救う希望かぁ」

葉牡丹から虎姫のために頑張りたいという意志は伝わってくる。

健気と言ってもいいだろう。

だけど……危機感がない。

世界を救う使命ということは、使命に失敗すれば世界が滅ぶ可能性があるということではないのだろうか？

今の葉牡丹の様子から、そのような危機感を感じ取ることはできない。

「まぁ葉牡丹自身が使命について完全に知らされていないという可能性もあるが」

「そう考えた方が辻褄合うんじゃない？」

リットの言う通り、葉牡丹は『勇者』を探すという使命だけを知らされているのなら、危機感があまりないのも納得できる。

「それにしても世界を救う希望ってどういう意味なんだろうね」

「普通に考えると魔王軍の脅威だと思うが……」

こちら側では少し前までは世界を救うという言葉は、魔王軍を撃退するという意味だった。

今の戦況は人類側が勝利しつつある。

こちら側での世界は救われた。

「俺達が俺達の住む国々を世界と言うように、東方は〝世界の果ての壁〟の向こう側を世界と言っているのだと考えるべきか？」

「でもそれなら自分の国のことなんだから葉牡丹も状況を理解していないといけないことにならない？」

「危機感がないことと矛盾するか」

うーん。

「俺達が知らない大きな何かが動いているのか」

「その何かには『勇者』ルーティが必要だと」

「『勇者』ヴァンじゃ駄目だというのだから、正しく『勇者』の加護について理解しているということだよな」

「でも『勇者』の目的って初代勇者の魂を再現することなんでしょう？　初代勇者が戦ったのも魔王なんだから、結局魔王と戦うことが世界を救うってことになるんじゃないの？」

「『勇者』は最強の加護ではあるんだけど、『勇者』じゃなければ救えないものってのはないはずなんだ」

デミス神が『勇者』を作った目的は初代勇者の魂の再現。

そのために『勇者』は最強の加護として存在する。

もちろん、最強の力によって解決できることは多いだろう。俺に解決できないことも、ルーティなら簡単に解決できる。

だけど最強だろうと力は力だ。

『勇者』ヴァンやダナンやエスタといった英雄達、サリウス王子のヴェロニア海軍や俺が昔いたバハムート騎士団といった強力な軍隊、それだって力だ。

力さえあれば、ルーティでなければいけないということはない。

「まぁそれはデミス神と相対し、初代勇者と会話した俺達だから分かることか」

「アヴァロニア王国にもあった勇者誕生の預言みたいなのが、ヒスイ王国にもあるかもしれないよね」

「合理的に考えるべきではないかもな」

魔王を倒せるのは『勇者』ルーティだけ。

そんな預言があるから『勇者』ルーティでなければならない。

それだけのことなのだろうか。

「それなら預言なんて諦めて合理的な解決方法を選ぶべきだと気付いてもらうのが一番じゃない？」

「やっぱりヴァンのところへ行くのがいいんじゃないかな。今の前線にはアヴァロン大陸中の英雄が集まっているだろうし、彼らの力を見れば気も変わるだろう」

「どうかなぁ、虎姫様のあの執念が悪い方向に作用しちゃうかも」

リットの言う通りかもしれない。

執念は時に視野を狭くする。

「そこで葉牡丹がうまく説得してくれることを期待するか」

「一番なのはヒスイ王国で一体何が起きているのか教えてくれることなんだけど」

「こちらが応えられない以上、信頼させて聞き出すことはどうもな」

「やりたくないよねぇ」

これだけ調べておきながらいまさら何を言っているのかと思うかもしれないが、技術で情報を集め推測するのと、信頼から打ち明けてもらうのは違う。

ルーティをもう二度と『勇者』のために望まぬ戦いに連れ出すわけにはいかないが、このゾルタンで葉牡丹達のために俺にできることなら力になってやりたいとも思う。

「ん？」

外で気配がした。

俺は店に行って扉を開ける。

「こんばんは」

「ヤランドララ」

そこにいたのはヤランドララと、

「それにうげうげさんも、こんばんは」

ヤランドララの肩にはうげうげさんが乗っている。

ちょっと疲れているようで、いつものように元気よく前脚を上げて挨拶はせず体を震わせるだけだった。

「まさかこんな遅くまで海に出てたのか？」

「どうしても気になることがあったのよ」

今日、ヤランドララとうげうげさんはヒスイ王国の船の調査のため海へ出ていた。

その報告に来てくれたのだろう。

「とりあえず上がってくれ、軽食で良ければ作るよ」

「お願い、もうお腹ペコペコよ」

うげうげさんも同じだと力なく前脚をユラユラと揺らしている。

軽食と言わず手早く作れるしっかりとした夕食を用意してあげた方が良さそうだな。

＊　＊　＊

「はい、ベーコンたっぷり王都風スパゲッティ・アーリオ・オーリオ」

ニンニクとオリーブオイルで味付けしたスパゲッティに、たっぷりのチーズと厚めに切ったベーコンを載せた料理だ。

おまけでほうれん草のソテーも添える。

「美味しい！」

ヤランドララは笑顔を見せながら食べていた。

食材庫にあったもので作った料理だが満足してもらえたようで良かった。

うげうげさんも布に染み込ませた砂糖水を美味しそうに飲んでいる。

「はぁー、満足満足。今日は一日中潜っては船の上で調べたことをまとめて、魔法をかけなおしてまた潜っててやってたから、さすがに疲れちゃった」

「本当お疲れ様」

先日俺も海に潜ったが、一度だけでも十分大変だった。

船の上や水面付近での冒険も大変だが、海の底はさらに厳しい環境だ。

「でも海の底にはまだまだ冒険が満ちているわ、船が完成したら世界をめぐりつつ海の底についても調べてみようかしら」

「さらに趣味を増やすのか」

ヤランドララはすごいなぁ。

「それはともかく、この時間に来たってことは何か分かったんだろう？」

ヤランドララは最後の一口を食べてフォークをテーブルに置いた。

「ええ、色々とね」

ヤランドララは図面を広げた。

「まずあの船について」

ヒスイ王国の船の図面だ、自分で描いたものだろう。

趣味で船を造りたいと言うだけあって分かりやすく描けている。

「で、こっちが損傷していたところ」

ヤランドララはもう一枚紙を広げた。

こちらは船のスケッチか。

こうしてみると目を覆いたくなるほど至るところが損傷している。

よく浮かんでいられたものだ。

「やっぱり浮かばないのよこれじゃあ」

「え？」

　隣で聞いていたリットが首を傾げた。

「だって現に私達が見つけた時には浮かんでたじゃない」

「ええ間違いなく浮かんでいたし、私達が乗り込んだ時にはすぐに沈む兆候は見られなかった……でもここに穴が空いて船が浮かんでいられるはずがないのよ」

　ヤランドララはスケッチに描かれた損傷を指差した後、図面の方でさらに詳しい説明をしてくれた。

「……ヤランドララの言う通りだ。ここの2箇所の穴は致命的だ、海水が船倉に一気に流れ込んですぐに沈んでしまう」

「となると、あの船が浮かんでいたのは加護による魔法かスキルってことになるけど」

　リットは腑に落ちないという表情をしている。

「まず一番可能性があるのは魔法よね、レオノール王妃がウェンディダートを浮かばせてみたように、強力な魔法を使えれば重い物体でも浮かべることはできる……けど、そんな強力な魔法が使われていたのなら私達が気付かないはずがないでしょ？」

「そうだな」

　魔法はその力が強大であればあるほど魔力の痕跡を隠すことが難しくなる。

　島で戦った『聖者』エレマイトが俺達を出し抜くのにあえて弱い魔法を駆使していたが、

彼女ほどの実力者でも強力な魔法を使っていたらたちどころにリットやヤランドララに察知されていただろう。

「ええ、私も魔法の線はないと考えているわ」

ヤランドララはうなずいた。

「であればスキルということになるけれど」

俺は腕を組んで考え込む。

俺の知っている加護とスキルで、それを可能とするものはあるか？

「『船乗り』の加護の固有スキルに近いものはあるが」

船を自分の手足のように操り、海水が入り込みにくいように船を傾け沈没を回避するスキルはある。

「だが、沈没するはずの船を浮かべるスキルは俺の知る限りないはずだ」

魔法と違ってスキルには限界がある。

物理法則を無視したような動きで船を操ることはできても、流れ込むはずの海水を食い止め、沈没するはずの船を浮かべ続けるなんてことはできない。

「でも事実船は浮かんでいた」

「マジックアイテムの線はなかった？」

リットがたずねた。

「ええ、それも随分調べたけれど、それらしい物も痕跡も見つからなかったわ」

「うーん、となると私にはもう1つしか思い当たる線がないんだけど」

「私も多分同じ結論ね」

リットとヤランドララは真剣な表情を見せている。

俺も同じような表情をしていることだろう。

「あの船には人間やエルフ以外の種族、それも沈没するはずの船を長期間浮かべて漂流するほどの力を持つ種族が乗っていた……」

「ドラゴンなら魔力、妖精なら精霊の力が残るよね」

「巨人なら可能な種も僅かにいるが、巨人種は物理的に巨大だ。あの船には乗れないし、影響を及ぼす距離にいたのなら気が付かないはずがない」

「だったら残る種族は1つしかないわね」

「つまり……デーモンが乗っていたとしか考えられないということか」

俺の言葉に2人は頷(うなず)いた。

デーモン。

＊　＊　＊

固有の加護一種類しか持たない種族の総称だ。

デーモンの固有加護は他の種族には発生しない。

生来の特殊能力があっても加護自体は平凡なモンスターなら、同じ加護を持つ人間から情報を得て、加護のできることと生来の特殊能力を分けて研究することができる。

だがデーモンは加護も固有のもので、そのデーモンを直接調べる以外に研究する方法が無い。

ゆえに、デーモン達とその加護についてはまだ分からないことだらけだ。

「俺達が以前戦った土の四天王デズモンドの種族はアースデーモンだ。魔法すら使わず土を自在に操る力を持っていた。生来の能力なのかスキルなのかは分からなかったが、デーモンの中には魔法を使わず船を浮かべる者がいたとしてもおかしくはない」

「そうなると問題は、誰がデーモンだったのかよね」

リットの声色は重い。

「ヤランドララ、死体の数は合っていたか？」

「ええ、私達が船に乗り込んだ時と海底に沈んだ後で死体の数に変わりはなかったわ、そして死体は全員人間よ」

「……そうか」

「私達が乗り込んだ時にデーモンは隠れ潜んでいて、私達が虎姫と葉牡丹を連れ出した後でデーモンはそっとあの船から離れ、力を失った船は沈没した、そう考えることもできるわ」

「その可能性はゼロではないが……」

そう考えた場合、ここまで守ってきた虎姫と葉牡丹を見ず知らずの俺達に託して放置していることが不自然だ。

「やはり一番可能性が高いのは虎姫がデーモンであることだな」

「……そうだね」

「虎姫の衰弱は異常だった、食事も水も断って普通なら死んでいるような期間を執念で生きながらえたような有様だった」

「レッドの言いたいことは分かるよ。虎姫がそんな状態だったのに葉牡丹が比較的健康だった点よね」

「ああ、葉牡丹は食事を切り詰めて栄養失調になってはいたが、命に別状が無い程度には十分な水と食事を得ていた」

「仮に葉牡丹の命を優先する事情があったとしても、葉牡丹と虎姫の状態に差がありすぎるのはおかしいと思っていたわ」

「あの衰弱は食事をしていなかったからではなく、船を浮かべるためにずっと力を使い続けていたからだ」

「そう考えるのが一番辻褄(つじつま)が合うのよね」

俺達は少しの間黙り込んだ。

騎士だった頃の俺ならすぐに割り切れていたが、ゾルタンのレッドである俺には葉牡丹の素直さを疑うことがしんどい。

だがそれでも考えなければならないだろう。

「冷静になろう、少なくとも現状葉牡丹も虎姫も人間に危害を加える兆候はない」

「ええ、警戒はするべきだろうけど、すぐに何か行動を起こさなければならないってこともないと思うわ」

これまでと方針は変わらない。

ルーティのことは秘密にしつつ、ゾルタンでできる手助けはしていく。

「行動方針についてはそれでいいとしても……そうなるとあの船の目的が余計にややこしくなるわね」

「そうだな、ヒスイ王国の意志以外にデーモンの意志という要素が加わった」

ヒスイ王国から世界を救うため『勇者』ルーティを探しに来た虎姫と葉牡丹。

そこに虎姫の正体がデーモンだったという情報が加わった。

「東方には悪いことだけではなく良いこともするテングデーモンというデーモンがいるらしいし、虎姫も良いデーモンなのかも」

「テングデーモンはおとぎ話だと思うよ」

リットが突然出したテングデーモンという言葉に、俺は少しだけ笑った。

そういえば昔、山で新人冒険者を助けたら、俺のことをテングデーモンだと勘違いされ噂になったことがあったたな。

今でもゾルタンの山にはテングデーモンがいると信じている冒険者がほんの数人だがまだいるようだ。

「デーモンはデミス神から悪の種族としての役割を与えられたと言われてはいるが……」

「でもあのデミス神でしょ？」

「まぁそうだな」

デミス神が良い神かと言われると、俺は断じて違うと答える。

ならば、そのデミス神が悪の種族として作ったデーモンも、すべて悪とは限らないのかも知れない。

「よし一度整理しよう。まず、ヒスイ王国の船がゾルタンにたどり着けたのはデーモンの力によるものだ」

「そしてそのデーモンは虎姫である可能性が高い」

ヤランドララの言葉に俺は頷いた。

「虎姫は『勇者』ルーティを探している。同じ『勇者』でもヴァンでは駄目だとはっきり言っているな」

「それも虎姫がデーモンなら、人間の知らない『勇者』の加護についての知識を持っていたとしても不思議ではないわよね」

「そして今は『勇者』ルーティの捜索は葉牡丹に任せて自分は病院で療養中だ」

「ここに来る前に病院に寄って様子を見てきたわ」

「話が早いな、どうだった？」

「大人しく療養しているみたい、今日はベッドから離れて散歩もしていたそうよ」

ヤランドララは虎姫本人の様子や、病院のスタッフから聞いたことを話してくれた。

詳しく聞いてみたが、特に不自然な点はない。

「消耗していたのは本当だろうし、何か目的があったとしてもしばらくは身動きが取れないか……一番の懸念点は魔王軍に所属するデーモンかどうかだな」

「ゾルタンにルーティがいることを魔王軍は把握していると思う？」

「魔王軍の将軍であるアスラデーモンのシサンダンには知られたからな、ヤツはあの時倒したが、すでに報告されている可能性はある」

「シサンダン……」

俺とヤランドララの会話を聞いていたリットは、シサンダンの名前を聞いて表情を曇らせた。

シサンダンはリットの師匠を殺した仇(かたき)だ。

「本当に死んだと思う？」

「……死体は確認した、けどシサンダンはロガーヴィアでも殺したのに生きていたな」

一度殺せなかったのだから、二度目も殺せていない可能性は十分ある。

もし生きていればルーティがここにいることは知られていると思っていいだろう。

だがあの戦いの後、魔王軍はルーティに対して何も行動を起こしていない。

「魔王軍が今更ルーティをどうこうしようとするのは違和感がある」

「そうね……うーん、結局、虎姫＝デーモン説が正しいとしても、それ以上のことは推測もできないってことかな」

リットはそう言って両手を上げげた。

お手上げということだろう。

「そうだな、まだ様子見するしかない」

相談はここまでだろう。

「この後ティセにも話しておくけど、ヤランドララは虎姫の方を注意してもらえるか？」

「分かったわ、レッド達は葉牡丹の方を頼むわね」

「ああ……まだ争うと決まったわけじゃない、平和のまま別れられたらいいが」

俺は葉牡丹の顔を思い出しながらそう思わずにはいられなかった。

プロローグ

最後の四天王

フランベルク王国。

大陸西部沿岸に位置していたこの王国は、海の向こうから押し寄せる魔王軍の侵攻を真っ先に受け滅亡した国だ。

元フランベルク王国王城。今は魔王軍の司令部として闇の城へと姿を変えている。

「アルトラ」

闇の城の地下。

牢獄だった部屋の床に魔王軍四天王・水のアルトラが1人座っていた。

「いつまでここに閉じこもっているつもりだ？」

「ドレッドーナか」

声をかけてきたのは同じく魔王軍四天王・火のドレッドーナ。

土のデズモンド、風のガンドールはすでに勇者ルーティによって討たれた。

「お前が閉じこもっている間に戦況は悪化したぞ、もはや我らの支配域は開戦直後に逆戻りだ」

「ふん、あの仮面の騎士に敗北し、水の四天王を剝奪された私には関係のないことだ」

「貴様の後任は無能だ」

「知ったことか、四天王は四族のデーモンから選ばれるものだ。アスラが風や水の四天王を名乗って誰が従うものか」

風の四天王後任のウィドースラ、そして1ヶ月前に水の四天王に任命されたマドゥはどちらもアスラだった。

特別な土や風の力を持っているわけではない、ただの指揮官として任命されたのだ。

これは厳格な加護主義であるデーモンにとって受け入れられるものではなかった。

「ははは、その通りだ。この戦争で魔王軍は負ける」

「……本題に入れ」

「姫の居場所が分かった」

「何!?」

アルトラは驚き立ち上がった。

「異端の魔王ではなく、御使い(みつかい)の王に忠誠を誓う戦友として頼みがある」

ドレッドーナはアルトラに向けて深く頭を下げる。

「未来のために共に魔王と戦ってくれ」

「無論だ、我々は皆……死んだ土と風もこの日のために屈辱に耐えてきたのだから」

「ありがとう戦友よ、俺は姫を救出しに行く」

「では私は魔王に戦いを挑み陽動となろう」

「いや、アルトラは俺を討伐に来てもらいたい」

「まさか」

　ドレッドーナの言葉にアルトラは息を呑んだ。

「救出部隊は俺を含めそこで全員殺して欲しい、魔法で記憶を抜かれる可能性を潰さなければならない」

「そうか……」

「姫の身代わりを用意してある、俺の攻撃に巻き込まれて死んだということにしよう。焼け焦げた死体であればアルトラが逃げるまで十分な時間は稼げるはずだ。姫はアルトラが保護し、そのまま安全な場所へ連れて行くのだ」

「しかしあの魔王タラクスンを相手に安全な場所など存在するのか？」

「ある！　魔王と並び立つのは『勇者』の他にない！」

「まさか！」

「目的地はゾルタン！　その辺境に『勇者』ルーティは隠棲しているのだ！」

　ドレッドーナは地図を見せる。

「土のデズモンドとの戦いによって『勇者』の兄である騎士がパーティーを追放された。すべてはそこから始まった……これも運命であろう。『勇者』は戦いを離れ前線から離れた土地に潜み、人間は『勇者』不在のまま魔王軍を打ち破った。デズモンドもガンドールも戦いながら情報を集めてきた、有効に使え」

「ドレッドーナ……」

「これは意地だ！　我ら四天王の死を貴様に託す！」

「必ず……必ず使命を果たしてみせる」

「頼りにしているぞ戦友よ」

アルトラは口をきつく結んだままドレッドーナの手をつかみ、ドレッドーナは白い牙を見せアルトラに向けて笑いかけた。

第四章 魔王の姫

翌日。

俺は今日も葉牡丹と一緒にゾルタンの町を歩いていた。

「レッド殿とリット殿が再会して1年の記念とは素敵ですね」

「ありがとう、でも悪いな同行させてもらって」

「いえいえ！　拙者も1人は不安だったので嬉しかったです」

俺が今日葉牡丹と一緒に行動している理由は、レッド&リット薬草店1周年記念、そしてリットと一緒になってから1周年にプレゼントする物のアイディアを探すためだ。

もちろんそれは建前で、葉牡丹の様子を見るためというのが本当の目的だが……1周年に何を用意すればいいのか悩んでいるというのも本当だ。

葉牡丹の情報収集に付き合いながら、なにか良いアイディアを探す。

特にリットへのプレゼントを何にするかそろそろ決めておきたい。

「まぁ俺はアイディア探しが目的だから手伝いとかはそんなにできないが、トラブルが起きそうなら仲裁するよ、だから葉牡丹は好きに頑張ってみてくれ」

「はい！」

気持ちの良い返事だ。

騎士だった頃にいた部下を思い出すな。

「今日はどこへ行くんだ？」

「実は昨晩、下町の金物職人のパヤン殿から今日港に船が来ると教えてもらったんです」

「へぇ」

「中央区でお屋敷を建てるそうで、木材や大理石を大量に輸入するみたいなんです」

「なるほどな」

昨日の様子を見ていたら不安だったが、ちゃんと情報収集できていたようだ。

「やるじゃないか」

「ふふふ、ありがとうございます」

昨晩、ルーティと一緒に情報収集に出たのは自信につながったようだ。

葉牡丹の表情には余裕が見える。

……まぁ、こういう時の次は失敗するものだが。

＊　＊　＊

「なんだこのガキ！」

港区にある船乗り達の集まる酒場。

葉牡丹は無精髭を生やした船乗りに怒鳴られていた。

葉牡丹はキョトンとしている。

怯えるかと思ったが平気なようだ。

だがその表情が余計に船乗りを怒らせている。

「運が悪いな」

俺はそうつぶやいた。

情報収集を始めて30分経った頃、葉牡丹が話しかけたあの船乗りが急に怒り出したのだった。

葉牡丹の対応がまずかったわけではない。

「あれは単純に子供嫌いだな」

人によって価値観は違う。

俺は子供が好きだが、そうでない人もいる。

中にはあの船乗りのように、子供には無条件で悪意を持つ者もいるのだ。

一緒にいる船乗り達はうんざりした顔をしているが、葉牡丹の味方はしてくれなそうだな。

さて葉牡丹はどう動くか。

ちらりとでも俺の方に助けを求める視線を向けたら助けるが、それまでは余計な口出しはしない方がいいだろうな。

「ガキの顔なんざ見たくねぇんだよ」

「はい」

葉牡丹は両手で自分の顔を覆った。

「これで見えません」

他の船乗り達はその可愛らしい姿に吹き出したが、子供嫌いの船乗りは酔っ払った顔をさらに赤くして、虫歯で黒く変色した歯をむき出しにして威嚇している。

「舐めてんのかこのガキャァ!!」

船乗りの加護レベルはそう高くないが、喧嘩に慣れていた。

子供相手だというのに固く握り込み、そして躊躇なく振り下ろそうとする拳には最悪の結果相手が死んでも構わないという悪意が込められていた。

葉牡丹は両手で顔を覆ったまま動かない。

「1本貰うよ！」

俺は近くのテーブルの上にあったワイン瓶を手にすると船乗りの足元へ投げた。

「うわぁ⁉」

船乗りはワイン瓶を踏んづけ大きな音を立てて転んだ。

その滑稽な姿に、周りの船乗り達は大声で笑い囃し立てる。

「こ、こ、この野郎‼」

立ち上がった船乗りは、酒と怒りで血走った目で笑っている船乗り達を睨んだ。

「誰がやりやがった！　ぶっ殺すぞお前ら！」

「あ？　俺達もお前の陰湿なところが気に入らなかったんだよ！」

船乗り達は立ち上がると喧嘩を始めた。

店の客はやいのやいのと騒ぎ立て、店主は面倒くさそうな顔でカウンターの上から落ちそうなものをどかしている。

港区の酒場に喧嘩は付き物だ。

「悪かったな、これで新しいのを飲んでくれ」

俺はワイン瓶を借りたテーブルに銀貨を置いた。

「いやいや良いもの見せてもらったよ、スカッとした」

テーブルに座った客はそう言って俺にグラスを掲げた。

葉牡丹は喧嘩に巻き込まれないよう別の船乗り達がカウンターから離している。

そこで葉牡丹は話を聞いているようで、情報収集もできているようだ。

葉牡丹はすぐ近くで喧嘩が行われているのにいつもの調子のままだ。

そこは忍者だな。

＊　　＊　　＊

酒場を出た頃には昼過ぎになっていた。

隣を歩く葉牡丹は、酒場で船乗りから買ってもらった串肉を食べている。

「あ、レッド殿も要ります？」

「大丈夫だよ、俺も酒場で食べていたからな」

「そうですか」

ちょっとやせ我慢している。

俺もついでにちゃんとした食事をすれば良かったたか。

ワインとチーズだけでは昼食にはならないな。

葉牡丹は再び美味しそうに串肉にかぶりついた。

「さっきは悪かった」

「ふぇ？」

口の中の串肉を飲み込み葉牡丹が俺を見た。

「何のことですか？」

「多分葉牡丹ならあれくらいの相手問題なく対処できただろう？」

「はい」

「それは分かっていたんだが、葉牡丹が避ける素振りを見せなかったものだからつい手を出してしまった」

あの時、葉牡丹は両手で自分の顔を覆っていた。

もしかしたら見えていないのではと思ってしまったのだ。

「大丈夫です、あれなら殴られても死にません」

「……そう考えてたか」

俺は思わず渋い顔をしてしまった。

「ダメでした？」

「いや、そういう考え方もある」

問題にならない程度の相手なら耐えればいい。

相手を刺激せず余計な騒動も起こらない。

情報収集においては間違いではない。

だが……。

「今回は俺の問題だ」

「レッド殿の？」

「葉牡丹が殴られているところを俺が見たくなかったんだ」

だから手を出してしまった。

「そ、そうですか……」

葉牡丹は驚いた表情を見せ、それから黙ってしまった。

ちょっと気まずい。

「あ、葉牡丹」

俺はわざと少し大きめの声を出した。

「あそこで船乗り達が店を出しているみたいだぞ」

俺の指差す方には、船乗りが商品の前に座って道を歩く人々に声をかけている。

「船乗りの店ですか？」

「ああ、立ち寄った港で買ったものを別の港で売るんだ。船乗りの副業だが、ヒスイ王国にはない文化なのか？」

「どうでしょう？　私はあまり船には詳しくなくて」

忍者は山の中で修行すると本で読んだな。

港にはあまり行かないのだろうか。

「行ってみるか」

「はい」

近づいてみると、船乗り達がすぐに声をかけてきた。

「お父さん、このペンダント可愛(かわい)いだろ！　娘さんにどうだい？」

お父さんか……。

兄妹より無理があるだろう。

「いやいや冗談だよ」

船乗りはごまかすように笑った。

あまりよく考えずに声をかけたな。

「これは拙者には似合わないですね」

「そうか？　結構似合うと思うが……でもそうだな、ちょっとデザインが子供向け過ぎるか。こっちなんて似合うんじゃないか？」

俺は銀の台座に赤い宝石をあしらったペンダントを指さした。

ルビーのように見えるが、これは紅尖晶石(レッドスピネル)だな。

ルビーより安いが、ルビーと見間違うくらい美しい石だ。

「こんな綺麗(きれい)なもの似合いません」

謙遜している……わけじゃないな、本心からそう思っているようだ。

「似合うと思うんだがなぁ」

「拙者はこっちの方がいいと思います」

「ん、どれだ？」

葉牡丹が見ているのは隅にあったペンダント。

茨(いばら)のようなデザインの台座に大きな黒い宝石がはめ込まれている。

……よく見ると宝石の中に浮かぶ赤い瞳が見えた。

「おいこれ呪われているぞ！」

「ひぇ」

俺が怒ると船乗りは怯えて後ずさった。

知ってて売っていたな！　とんでもない奴(やつ)だ！

「だってそれ結構な値段で買っちまったんだよ……」

「こんな怪しい物よく買おうと思ったな」

俺は呆(あき)れて言った。

「これいくらですか？」

「「買うの!?」」

俺と船乗りは同時に声を上げた。

「いやいや、それ呪われているんだぞ？　ちゃんと調べていないから分からないけど、有害な効果があるのは間違いない」

「いやいや、お嬢ちゃんお目が高い！　３割引でいいよ！」

「お前、呪いの装備だとバレているのに売りつけるのか！」

「俺にだって生活がかかっているんだよ！」

俺と船乗りはギャーギャーと言い争いをしていたが、葉牡丹はペンダントを手にすると躊躇なく身につけた。

「私、呪いには強いんです」

そう言って葉牡丹は笑う。

なるほど、呪いの力を利用できる加護なのだろう。

「よっしゃ、それはもう嬢ちゃんのものだ！」

船乗りは嬉しそうに代金を受け取り言った。

まぁ本人がいいのなら俺から言うことはないけど。

「ペンダントか」

リットへのプレゼントにペンダントはどうだろうか？

うーん、前に一度贈ったしなぁ。

「ヒスイ王国では女性に何を贈ったら喜ばれるんだ？」

「え、ええっと、拙者はそういうのあまり詳しくなく」

忍者で子供だからなぁ。

訓練ばかりでそういう知識はまだ知らないか。

「あ、でも、櫛とか喜ばれます」

「なるほど、お洒落な実用品か」

俺はリットの綺麗な髪を思い浮かべる。

期待するような船乗りの顔が嫌だが、商品の中にちょうどいいシードレイクの角を使った櫛がある。

「これを貰おうか」

「へへ、ありがとよ！」

……値札を見ると、多分クジラの骨で作った櫛だと勘違いしているようだ。

ちょっと悪い気もするが、これも商売だ。

「ついでにこれも買ってかないか」

船乗りは小さな壺を俺に見せた。

フタを開けるといい香りがする。

「髪につける香油だよ、きっと奥さんも喜ぶぜ」

「うーん、たしかにいい香りだけど……悪いが髪に塗るもので材料が分からないものをプレゼントはできないな」

「そんなこと言ってたら何も買えないだろ」

「俺は薬屋なんだ、自分で調合してプレゼントするよ」

俺は買ったクシを受け取りながらそう言った。

＊　＊　＊

夕暮れになり、目ぼしい酒場はすべて訪れ終えていた。

「何の収穫もありませんでした……」

葉牡丹は肩を落としている。

そりゃルーティは人知れずゾルタンにいるのだから、外の船乗りが知るはずがないのだが。

「それにしても『勇者』ルーティについての情報はここに来る前にほとんど仕入れていたんだな。〝世界の果ての壁〟の向こう側でもこっちと変わらないレベルで情報が伝わっているとは驚いた」

情報収集の際に、よく知られている『勇者』ルーティの冒険については話が出たのだが、葉牡丹が驚いた様子はなかった。

「虎姫(とらひめ)様から聞きました。『勇者』ルーティは本当にすごい方です」

葉牡丹は目を輝かせている。

虎姫か……。

「この後、俺は虎姫様の様子を見にお見舞いに行こうと思っているんだが、葉牡丹はどうする？」

「お見舞い！　そういうのもあるんですね！」

「あ、そうか、お見舞いができることを伝えていなかったのか」

こちらの常識で考えて大切なことを教えてなかった。

「ごめんな」

「とんでもない！　拙者も虎姫様のお見舞いに行きたいと思います！」

「よし、じゃあ遅くならないうちに今から行くか」

その時。

「ここにいやがったのか!!」

怒鳴り声がした。

振り返ると、昼間の子供嫌いの船乗りが肩を震わせこちらを睨みつけている。

「てめぇが瓶を投げたんだな、許せねぇ！」

「そのためにずっと捜していたのか？」

執念深いやつだな。

「酒場の喧嘩は大暴れしたあとで酒飲んで忘れるもんだろう」

「うるせぇ!!!」

面倒だし逃げてもいいが、こいつの性格だとゾルタン中を捜し回って店まで来そうだな。

仕方ない、相手になってやるか。

「レッド殿、ここは拙者にお任せくださいませ」

葉牡丹が俺の前に立ちはだかった。

「いや今回は俺が目当てのようだから、俺がやるよ」

「だからこそ、酒場ではレッド殿に助けていただいたご恩を返させてください！」

「うーん……それもそうか」

子供だが葉牡丹は使命を帯びる1人の戦士でもある。

恩を受けたままというのもいい気がしないか。

「へへ、ガキの方もぶっ殺してやりたかったんだ」

「危ないやつだな」

今後やらかす可能性を考えたら、ここで再起不能にしてやった方がいいのではないだろうか？

「葉牡丹、こんなやつだが殺しはだめだぞ」

「なるほど、了解しました！」

手裏剣に手を伸ばそうとしていた葉牡丹に釘を刺しておく。

こっちも危ないな。

「素手でもいけるか？」

「もちろん！　ご安心ください！」

葉牡丹が構える。

変わった構えだ。

拳を握り込むわけでもなく、開くわけでもない。

爪を立てるように指先だけ曲げた両手を相手に向け、膝を伸ばし重心を高く取っている。

ヒスイ王国の武術なんだろうか？

「大人様の怖さを教えてやるぜ！」

船乗りは葉牡丹の構えを警戒することなく拳を振り上げ突っ込んできた。

葉牡丹は大柄の大人の突進に動ずることなく、間合いに入った瞬間右手を振り下ろした。

「うぉ!?」

相手の体に指を引っ掛け、投げ倒した。

あれは俺にも真似できないな、かなり指を鍛えているようだ。

「はぁ!!」

背中を激しく打ち付け悶絶している船乗りの顔に、葉牡丹の手が叩きつけられる。

メキッという音がした。

船乗りの顔に葉牡丹の指がめり込んでいる。

強烈な威力だ。

戦い方を見ても、まだ葉牡丹の加護が何か特定できない。

『武闘家』ではないようだが、素手での戦いもできる加護なのだろうか？

「まだやりますか？」

葉牡丹がたずねた。

これ剣を使うより素手の方が強いのでは？

「こ、こ、ころひてやる」

船乗りはまだやる気のようだ……何か様子が？

「葉牡丹危ない!!」

俺は叫んで警告した。

船乗りの左手に握り込まれた護符に気が付かなかった。

「しねぇぇ!!」

放たれたのは炎の魔法であるファイアーアローー！

あの護符は使い捨てのマジックアイテムで、封じられた魔法を誰でも使えるようにするものだ。

「くそ！　喧嘩で魔法を使うだと!!」

船乗りの悪意を甘く見ていた！

町中で人に向けて攻撃魔法を使うなんて重罪だ。

衛兵に捕らえられ、監獄行きになることは確実。

こんな喧嘩でそこまでするとは思っていなかった！

「葉牡丹!!」

俺は炎に包まれた葉牡丹に慌てて駆け寄ろうとした。

「ご心配なく」

だが炎の中から聞こえたのは変わらない声。

「はぁ！」

葉牡丹が叫ぶと、炎が掻き消えた。

「ひ、ひぇ!?」

服が焼けた形跡すらない葉牡丹の姿に、船乗りは恐怖の表情を見せた。

そんな船乗りに向けて再び葉牡丹は右手を振り下ろす。

「がふっ!!!」

胸の上にはっきりと刻まれた5本の指の跡。

船乗りは白目をむいて気絶してしまった。

＊　　＊　　＊

中央区、病院。

日はすっかり落ちて、家の窓からランプの明かりが漏れている。

あの船乗りを衛兵隊に引き渡していたせいですっかり遅くなってしまった。

まだ面会させてもらえるだろうか？

「お兄ちゃん」

「ルーティ!?」

俺達が病院に入ったところで、よく知った声に呼び止められた。

「どうしてここに？」

「お兄ちゃんなら来ると思ってた、予想よりちょっと遅かったけど」

「あー、乱暴な船乗りに絡まれて、しかも魔法を使ってきたから衛兵に引き渡してきたんだ」

「災難だったね」

ルーティは俺の頭をよしよしと撫(な)でた。

少し恥ずかしいが、断るとルーティが悲しむし俺も嫌な気持ちはしないのでされるがままにする。

「虎姫様と面会ができるよう話はしてある」

「さすがルーティ、準備が良いな」

それからルーティは俺の後ろにいる葉牡丹を見た。

「虎姫様の体調は良くなっている、予定通り明後日に退院できそう」

「おお！　おお！」

葉牡丹の顔に喜びの感情が広がった。

「ありがとうございます、早く会いに行きましょう！」

「そうだな、早速お見舞いに行こう」

ここでこれ以上話していたら、葉牡丹が飛び出して行きそうだ。

俺達は虎姫の病室へと足早に向かった。

「おお葉牡丹にルーティ殿とレッド殿か、よく来てくれた」

「虎姫様！」

葉牡丹は虎姫の直ぐ側まで走ると、その手に触れて嬉しそうに笑った。

最初見た時の悲惨な状態が嘘のように回復していた。

肌には艶が戻り、やせ細っていた体には肉が戻っている。

ルーティの〝癒しの手〟を受けているとはいえ、たった数日でここまで回復するとは。

「元気そうですね」

「うむ、ゾルタンの空気が肌に合うのだろう」

虎姫はそう言って穏やかに笑った。

「葉牡丹、『勇者』ルーティの行方は分かったか？」

「も、申し訳ございません！　これまで何の手がかりもなく……」

「そうか、引き続き探索を進めるのだ」

「は、はい！」

虎姫は急かすことなく優しくそう言った。

「葉牡丹は迷惑をかけていないだろうか？」

「いえ、先程など私が暴漢に襲われたところを葉牡丹が倒し衛兵隊に引き渡すという活躍を見せてくれました」

「ほぉ」

虎姫は意外だという表情を見せた。

「だがまだ未熟者だ、迷惑をかけることもあると思うが、どうかよろしく頼む」

まるで主君というより親が言うような言葉だ。

そうか……もしかすると、虎姫の目的はすでに達成されているのか。

「少し話せませんか？」

「妾とか、いいだろう」

俺の言葉に虎姫は頷くと。

「葉牡丹、少し席を外してくれ」

「え？　は、はい……分かりました、失礼いたします」

葉牡丹は1人部屋の外へと出た。

「さて……」

虎姫は俺達の方へ向き直る。

どこから話すべきか……。

「虎姫様、単刀直入に聞きますが、あなたはヒスイ王国の姫ではなく、そして人間ですらありませんね？」

虎姫はふぅと息を吐いた。

「姫とは葉牡丹のことだったんですね」

「ああ、私が標的だと敵にも思わせた方が安心だと判断したのだ」

「そして葉牡丹は俺達に守らせようとした」

「騙すことになってしまったことは心から詫びる、デーモンであるこの身を明かして信用してもらう時間がなかったのだ……だが決して人間を害そうとしてここに来たわけではない。ただ姫様を守ることができる力がここにしかなかったのだ」

虎姫と名乗っていたデーモンはルーティを見た。

「『勇者』ルーティ、お願いだ、葉牡丹を守ってやって欲しい」

「気がついたのは、私があなたを助けた時？」

「ああ、私に〝癒しの手〟を使ってくれたからな。『勇者』がゾルタンにいることは魔王軍の情報から分かっていた、あの時あなたが本物の『勇者』であると確信したよ」

それから虎姫は姿勢を正し頭を下げた。

「あなたの善意を利用してしまったことも詫びる、そしてあなたの恩に報いることができないことを心から恥じる」

「気にしないで、あなたの本当の名前は？」

「私の名はアルトラ、かつて魔王軍水の四天王であった者だ」

魔王軍四天王⁉

「驚いた、そんな大物だったとは」

「エスカラータに敗北したことで四天王の座は剝奪(はくだつ)された身、今は魔王軍ですらないただのデーモンだ」

仮面を被ったエスタが名を揚げたのは、このアルトラと戦い重傷を負わせて撤退に追い込んだからだ。

「我ら四天王の敗北が、姫を『勇者』のもとへたどり着かせた、これも運命だろう」

アルトラは虎姫のまま穏やかな表情をしている。

「魔王軍の最高幹部が命を捨ててでも守りたい姫とは何者なの？」

ルーティの質問にアルトラは少しの間沈黙した。

それからアルトラはベッドから立ち上がる。

「今代の魔王タラクスンは、デミス神の定めた正統なる魔王ではないことは知っているか？」

「うん」

「正統なる憤怒の魔王であったサタン様はタラクスンによって滅ぼされ、魔王の力を奪われてしまった、それが今の魔王軍だ」

「そこに葉牡丹がどう関わっているの？」

「……葉牡丹はデーモンの姫、すなわち魔王の娘だ」

「魔王の娘……！」

俺は思わず息を呑んだ。

「ヒスイ王国と魔王軍は長い間戦争と停戦を続けてきた。それは人間の国の中でヒスイ王国が最も魔王軍と国交があったことも意味する。両国には憎悪と共に奇妙な協調関係もあったのだ。ヒスイ王国の言い方をするのなら、〝誉れのある戦い〟を続けていた」

「それでヒスイ王国が協力して葉牡丹を魔王の追っ手から逃したのか」

「姫の安全が確保されれば、上級デーモン達は魔王軍を離脱する。そして姫が力をつければ憤怒の魔王の力は正しき資格者である姫のもとへ戻る、そうなれば中級以下のデーモン達を従わせている『魔王』の力は無くなる。姫は暗黒大陸に平和をもたらす希望なのだ」

それは想像を超えた話だった。確かに葉牡丹は世界を救う希望だ。

魔王軍との戦争がどれほど有利に進もうとも、アヴァロン大陸の航海術ではたどり着けなかった魔王タラクスンを倒す者がここにいるのだ。

「『勇者』に未来の『魔王』を守ってほしいなど道理の通らないことを頼んでいるのは分かる、だがそれを承知で頼む！　『勇者』ルーティよ、世界を救う希望を守って欲しい!!」

ガンという大きな音がした。

アルトラが床に額を打ち付けた音だ。

「頼む！　この運命を守ってくれ！」

不思議な光景だった。

魔王軍の最高幹部である四天王が、ルーティに未来の魔王を守るように懇願している。

まさかこういう形で『勇者』の宿命が追いかけてくるとは……。

「お兄ちゃん……」

ルーティが俺を見た。

どうすれば良いのか意見を求めている。

だが。

「これはルーティが決めるべき運命だ、どう答えたとしても俺はルーティの意志を尊重する」

俺はそう伝えた。

ルーティは一度目をつぶると、心を決めたようだ。

「……分かった、ありがとうお兄ちゃん」

ルーティは真っ直ぐにアルトラを見た。

それから手を差し伸べる。

『勇者』ルーティはもういない、だから『勇者』は葉牡丹を助けない」

「…………」

「私が葉牡丹を守りたいのは、葉牡丹は私の友達になったから。まだ知り合って日が浅いから葉牡丹のことは何も知らない。だからもっと葉牡丹のことが知りたい、だから守りたいと思う」

ルーティは迷いない言葉でそう言った。

「私がここにいるのは運命のためなんかじゃない、私は私の意志でここにいるの」

「ありがとう……！」

アルトラは涙を流していた。

本当に不思議な光景だった。

＊　　＊　　＊

夜が明けた、水平線に朝日が昇っている。

海岸の砂浜に１人佇むのは着物を着た女性。

アルトラは人の姿のまま、今日という日を迎えようとしていた。

「人の姿で旅をするというのも、存外悪くないものだな」

アルトラの脳裏に葉牡丹との旅の思い出が過った。

厳しく、余裕のない旅だった。

それでも……初めて世界を見て、世界を知っていく葉牡丹の姿はとても美しかった。

長命種であるアルトラにとってそれは久しく忘れていた感情であり感動だった。

「偽りの魔王に従わされ、戦い、使い潰されていった我らが生まれてきた意味……多くの敗北に塗れた我らは、あなたを守れれば最後は勝者となる」

東の海に無数の影が現れた。

空を舞うワイヴァーン騎兵。

かつて魔王軍風の四天王ガンドールが率いた航空騎兵隊。

各国の騎士団を震え上がらせた魔王軍最大の脅威だった。

「ウィドースラとマドゥ」

今、ワイヴァーン騎兵を率いているのは風の新四天王ウィドースラと、水の新四天王マドゥの2人のアスラ。

「ついに来たか」

追っ手の船はすべてアルトラが沈めた。

だが、魔王軍にはどんな海も越えられる翼がある。

だからアルトラは急ぐ必要があった。

ウィドースラ達が到着するまでに、『勇者』ルーティが葉牡丹を守ってくれるよう信頼を得なければならなかったのだ。

それは旨く(うま)いった。

葉牡丹は最強の『勇者』によって守られる。

あとは……自分が身代わりになるだけだ。

「魔王の娘はどこだ！」

アルトラの頭上を2人の四天王が旋回する。

「ここにいるぞ、父上の仇(かたき)を討たせてもらう」

アルトラは虎姫の姿のまま、空を舞う魔王軍を睨（にら）んだ。

本来の力は使えない。

（いずれバレるとしても、私の死体を暗黒大陸に持ち帰り調べることでかなりの時間を稼げるはずだ）

アルトラは旅を始めた時から、その終着点をゾルタンと決めていた。

追っ手であるウィドースラもマドゥも魔王の娘である葉牡丹と直接会ったことはない。

魔王タラクスンは上級デーモンを従わせるため、そして次の魔王の候補がどこかで生まれるのを防ぐためにも、魔王の娘をできる限り殺さず確保しておくことが必要だったのだ。

情報を知るものは最小限にされていた。

そして上級デーモンである魔王の娘にとって、姿形は自由に変えられるものにすぎない。

自分の殺した相手が魔王の娘か、それとも別のデーモンかこの場で調べる方法はない。

だからアルトラはヒスイ王国の人間に自分のことを姫として扱うよう頼み、この終わり方のために旅と戦いを続けてきた。

（私の首はくれてやる……だが、ここでゾルタンを襲撃して生きている者を皆殺しにするという手は取れないようにお前達にも傷ついてもらうぞ）

ワイヴァーン騎兵が騎乗槍（ランス）を構えて降下してきた。

「上帝棘剣（オーバーロード・ラス）」

アルトラがその名を呼ぶと、アルトラの手の中に刀身2メートルを超える大剣が現れた。

「来い!!」

アルトラは降下突撃をしてきたワイヴァーン騎兵を大剣で迎え撃つ。

「ひぎゃあああ⁉」

悲鳴と共にワイヴァーン騎兵達がバラバラに引き裂かれた。

砕けた槍と肉があたりに降り注ぐ。

「まさか！　あれが魔王の剣!!」

「魔王の氏族に伝わるという伝説の武具か！」

ウィドースラ達は驚き叫んだ。

「出るぞマドゥよ！」

「おう、雑兵だけでは勝てんな！」

四天王の2人まで加わり、次々に攻撃を加えていく。

ウィドースラは魔王の剣による強力な一撃に対して、一気に仕掛けず波状攻撃で消耗させていく戦術を取っていた。

(腐っても四天王、正しい戦術を選ぶ。だからこそこう動くと狙っていた)

波状攻撃を仕掛けるために敵は一定の距離を保っている。

その間合いをアルトラは狙っていた。

（水の四天王としてのスキルを使えない今私にできる最大火力！）

アルトラは魔王の剣を地面に突き立て両手で印を組んだ。

「漆黒の血、滅びの言葉、楽園を貫きし上帝の槍！　終末の時きませり！　デモンズフレア!!」

それは暗黒大陸の上級デーモンに伝わる力。

自身の持つすべての魔力を解き放ち、敵を破壊する最上級秘術魔法だ。

「しまった!!」

すべてのワイヴァーン騎兵が魔法の範囲内にいた。

アルトラが持ち出した魔王の剣を使ったのもこの時のための布石。

ゾルタンに来てから療養に専念し、蓄えた魔力のすべてを使った一撃だった。

黒い炎が炸裂（さくれつ）し、渦巻く闇がワイヴァーン騎兵達を取り込んでいく。

「ぐおおお!!!」

「はぁはぁ……」

アルトラは膝を突きたくなるのを堪えて立つ。

魔王軍の兵士達が墜落し、動かなくなる中2つの影が立ち上がった。

「さすが魔王の娘……やってくれたな」

「だが悪手だ、我らから逃げる力は残しておくべきだった」

暗黒大陸最強の魔法もウィドースラとマドゥを倒すには至らなかった。

もうアルトラに戦う力は残っていない、勝敗は決した。

(勝った)

アルトラは心の中で清々しく笑う。

敵は兵力と足を失った。

アルトラの死体を持ち帰るためにどれほど時間がかかることか。

敗北に塗れたアルトラ達魔王軍四天王の最後の戦いは、思い描いた勝利で終わったのだ。

(さらば葉牡丹、どうか強い魔王に……ここで奪われる魔王の剣を取り戻せるほど強く
……ああ、そして……ああ……)

アルトラは最後に沸き起こった感情に困惑したが、考察する時間も無いので受け入れることにした。

ウィドースラとマドゥは騎乗槍を捨て、剣を抜く。

「どうかその笑顔がいつまでも失われないように」

自覚は無かったが、アルトラの言葉は娘を想う親のものだった。

2人のアスラが剣を振り上げ、堂々と立つアルトラへ向け飛びかかった。

勝敗は決した……はずだった。

「だったらあなたが死ぬわけにはいかないだろ!」

雷光の如き速度で、銅の剣が2人のアスラの剣を受け止める。

「我らの剣を受け止めるだと⁉」

「貴様何者だ‼」

アスラの叫びに対し、男は不敵に笑った。

＊　　＊　　＊

ま、間に合った……。

俺は内心の動揺を隠して笑う。

余裕であると振る舞って相手のペースを乱すのが俺の戦い方だ。

実際は冷や汗ものだった。

コンマ一秒、正しく紙一重で防ぐことができた。

思わず神に感謝しそうになったくらいだ。

「俺はただの薬屋だ」

「薬屋！　そうか貴様が希望の双翼ギデオンか！」

片方のアスラデーモンが叫んだ。

「人類側には俺の正体は知られていないのに、魔王軍にだけこうも知られているってのは困ったことだな」

「シサンダンと渡り合ったという剣士か、なぜ魔王の娘を庇う」

「そんなに不思議なことか？　知り合いが殺されそうになったら助けるだろう」

「まったく、人間め」

2人のアスラが剣を構える。

これまでは多刀流のアスラデーモンばかりと戦ってきたが、こいつらは剣1本で戦うスタイルか。

また情報の少ない戦いを強いられるな。

本当ならアルトラからもっと話を聞いてから戦いたかったのだが……。

病院からアルトラが抜け出したと聞いて、アルトラが身代わりとなって死ぬつもりだとすぐに分かった。

足跡を捜す時間もなく、追っ手は東の海から回ってくるはずだと予測して大急ぎでここまでやってきたのだ。

予想が当たって良かった、本当にギリギリで幸運だった。

まったく、無事に帰れたら葉牡丹はアルトラに説教するべきだ。

「レッド殿、気をつけろ！　奴らは新たに四天王となったウィドースラとマドゥ！　アスラの戦士の中でも最強格の者達だ！」

道理で剣圧が凄まじいわけだ。

「なぁ、軽い姿に変身できるか？」

俺はアルトラに言った。

「ドワーフの子供の姿にならなれる」

「よし、じゃあそれだ」

アルトラの姿がドワーフの男の子に変わる。

後は一瞬でいいから隙を作らないと。

俺はウィドースラに一撃を加えた。

ウィドースラは剣で防御する。

「モグリムすまん！」

俺は剣を放り投げるように手放した。

「うぉぉ!?」

ウィドースラは驚愕した。

俺の剣が、鍔迫り合いしていたウィドースラの剣を軸に回転しその頭を斬りつけたのだ。

傷は浅いがウィドースラの顔から鮮血がほとばしる。

バハムート騎士団流捨輪返し。

これは加護のもたらすスキルではない、剣術だ。

格上と鍔迫り合いしている時を想定した虚剣。

一瞬の隙を見せれば斬られる間合いで、自分の剣を手放して虚を衝き、また相手の剣を軸として回転する剣は防御することができない。

とはいえ見切るのは簡単だ、奇策の剣術は初見殺しの技に過ぎない。

生き残るための虚剣や邪剣の技が色々あるバハムート騎士団流でも、まず正道の剣こそ最強だと教えられる。

放った剣の威力で四天王を倒せるとは思っていない。

相手の動きを止めることができればそれでいい！

「〝雷光の如き脚〟！」

俺は〝雷光の如き脚〟を使いながら振り向き、ドワーフの少年となったアルトラの体を摑むと、一気に加速する。

「待て！」

もう1人のアスラデーモン、マドゥが逃げる俺の背中へ剣を突き出した。

「!?」

剣が止まる。

キラリと僅かに光を反射したのは蜘蛛の糸。

罠を警戒し、マドゥは糸の先へ一瞬だが注意を向けた。

もちろん何もない、罠を仕掛ける暇なんてなかった。

だが俺のポーチにいたうげうげさんが放った糸は、２人のアスラデーモンの死角になった瞬間に張られたものだ。

そこにないはずのものが突然現れた。

一流の戦士であるマドゥは、その不明を無視できなかった。

「……ッ!!」

俺の手に剣はない、もう一太刀だって受けられない。

だから振り返る必要はない。

全身全霊で走るだけだ。

走り出して37秒。

ルーティ達の姿が見えた。

「敵は魔王軍新四天王のアスラデーモンだ！」

俺はそれだけ叫ぶとルーティの側で足を止める。

酷使した体が悲鳴を上げていた。

「死ぬかと思った！」

俺は抱えていたアルトラを降ろした。

吹き出した汗が地面に落ちる。

「ありがとううげうげさん、助かったよ」

ポーチから顔を出したうげうげさんも、危なかったと安堵している様子だ。

うげうげさんはティセの肩へと跳ね移った。

「あいつら無茶苦茶強いぞ、事前の対策なしだと俺じゃ歯が立たない」

「魔王軍四天王になっただけはあるのね」

ヤランドララは真剣な表情で言った。

ヤランドララも土のデズモンドと戦い、その強さを体験している。

俺が剣を捨てるという奇策に頼ったのも、ルーティが到着するまで時間を稼ぐことすら難しいと判断したからだ。

「虎姫様!!」

葉牡丹がドワーフの少年の姿のアルトラにすがりついた。

「一体なぜこんなことに」

アルトラは混乱しているようだ。

あの恐ろしい魔王軍四天王が混乱している姿を見られるとは、人生何があるか分からないものだよな。

「嫌です！　嫌です！」

葉牡丹は泣きながら何度もそう言った。

「アルトラが葉牡丹を娘のように思ったのと同じだよ」

「どういう意味だ」

「葉牡丹はアルトラのことを親のように思ったんだ」

「私は……」

アルトラは自分の感情をどう処理すればいいのか分からないようだ。

「さてアルトラはもう戦えない、俺達で迎え撃つしかない」

俺はリットのアイテムボックスからヴェロニア王国の沈没船で見つけた剣を取り出す。

名工による高価な魔法の剣だが、四天王相手ではあまりに頼りない。

「私が前に立つ、ティセはフォローして」

「了解です」

ルーティが剣を抜いて進み出た。

何かアドバイスをしたいが……加護を見抜いて対策を考える俺にとって、加護を持たないアスラデーモンは天敵だ。

「大丈夫、ルーティを信じよう」

リットが言った。

「そうだな……」

今回は俺もルーティの指揮下でフォローに専念すべき。

相手は四天王。

デーモンによる本物の四天王ではないが、土のデズモンド1人にかつての俺達は何度も苦戦をさせられた。

あの時点のルーティと四天王の間に実力差は無かったと言っていいだろう。

それと同等の力を持つ相手が2人……。

相手の加護を封じるルーティの〝支配者〟のスキルも、加護を持たないアスラデーモンには通じない。

いくらルーティとはいえ油断はできない相手になるはずだ。

「なぜだ、勇者ルーティ……ここで私が死ぬのが最善だと分かっているはずだ」

アルトラの声には非難の響きがある。

「友達が泣いたから」

ルーティは振り返らず答えた。

2人のアスラデーモンが近づいてくる。

「ギデオンがいるということは当然もう1人の希望の双翼もいるか」

ウィドースラはルーティの姿を見て言った。

「『勇者』ルーティ!」

マドゥは剣を構えた。

剣を持つ手を引く独特の構え。

シサンダンのスタイルに近い。

「なぜ『勇者』が『魔王』を守る！　その剣に正義はあるのか！」

「ルーティ殿……」

マドゥの叫びに、葉牡丹は不安そうにルーティを見た。

「私は正義の味方じゃない」

ルーティは剣の切っ先をマドゥに突きつけた。

「私は私の意志で戦うだけ」

「なるほど、だから他人の語る正義に惑わされることもないか」

ウィドースラとマドゥの顔が歪んだ。

「「面白い！　これぞ人間だ！」」

ウィドースラとマドゥが同時に飛びかかる。

ルーティは正面から迎え撃った。

互いの剣が目まぐるしく斬り結ぶ。

やはり四天王は凄まじい強さだ。

「リット！　ヤランドララ！　俺達でマドゥを止める！」

「「了解！」」

勝てないまでも、1対2の状況を崩せればルーティが優勢になる。

「大丈夫です」

だがそんな俺達をティセが制した。

「これで決着です」

ティセがナイフを投げる。

投げたナイフが空中で軌道を変えた。

蜘蛛の糸を使って反射させたのか。

「小癪(こしゃく)な！」

アスラデーモン達は複雑な軌道を描くティセのナイフを最初の動きでかわす。

くっ、ティセの変則的な攻撃ですら見切るのか。

「うん、それで十分」

ルーティの剣が加速した。

俺の目でも追えないほどの速度で振るわれた。

「速すぎる、斬撃が同時にしか見えなかった」

「シサンダンの言う通りだ、これは『勇者』の域を超えている」

アスラデーモンの体の線が不自然に歪んだ。

肩から脇腹にかけて走った線からズルリとアスラデーモンの巨軀(きょく)が落ちる。

「これが勇者ルーティ……！」

アルトラと葉牡丹はただただ驚くしかない様子だ。

ティセの技で生まれた僅かな隙。

それを突くために、応戦できる程度に剣速を落としていたルーティの狙い通りの勝利だろう。

ルーティは『勇者』を辞めてさらに強くなった。

戦う理由を『勇者』に与えられていた頃と違って、戦う理由が自分の意志にあるからだ。

そしてそれは戦いに勝利しようとする意志でもある。

「強くなったな」

「お兄ちゃん達が私を救ってくれたから」

ルーティはそう言って笑った。

「封神(ほうしん)!!」

「な、なんだ⁉」

突然アルトラが叫び声を上げた。

アルトラは握り拳ほどの鉄球に自分の血で印を描いていた。

すると2人のアスラデーモンの体から光が現れ、鉄球の中へと吸い込まれた。

「こ、これで奴(やつ)らが復活することはもうない……アスラを倒すために我らが研究した秘術だ」

「虎姫様！」

倒れそうになったアルトラを葉牡丹が慌てて支える。

アルトラは深く息を吐いた。

「やはりアスラデーモンは復活するのか！」

俺の言葉にアルトラは頷いた。

「ああ、奴らはデミス神の創造物ではない。ゆえにデミス神による輪廻転生から外れているのだ。アスラの輪廻転生は自身で完結している……アスラは死ぬと同じアスラに転生するのだ。アスラは不死不滅の存在だ」

「そんな!!」

リットが叫んだ。

「じゃあシサンダンは……私の師匠の仇は討てないの!?」

シサンダンが復活したのには何か秘密があるとは思っていたが、まさかそもそも殺すことのできない存在だったとは……あまりにも理不尽な答えだった。

俺はリットの肩を抱き寄せた。

「だがこうして封印はできる、この鉄球を物理的に砕かぬ限りアスラは転生できない」

「その封印があれば……」

リットはじっと目をつぶると、肩の力を抜いて息を吐いた。

「シサンダンがまたゾルタンに来ることがあったら絶対やっつけてやるから」

「そうだな、その時は俺も一緒に戦うよ」

それで仇の話はおしまい。

ゾルタンを離れてまでシサンダンを追うことはしない……リットは俺との暮らしを選んでくれた。

「これは人類側にはとても大きな勝利になりますね」

ティセが言った。

ヤランドララも頷く。

「これで魔王軍四天王は全滅した、ということよね？」

「ああ、火のドレッドーナは我々を逃がすために死んだ。空軍と海軍は侵攻に必要だとしてアスラが四天王を名乗っていたが、それも終わった。魔王軍の主戦力であった四天王配下の軍勢はまともに機能しなくなるだろう」

空軍か、こちらの大陸にはない概念だ。

緒戦で人類が一方的に負け続けた要因として、空を飛ぶワイヴァーン騎兵の存在は大きい。

とにかく、魔王軍の追っ手は全滅し、情報を持ち帰ることもできなかった。

いずれ次の追っ手が来るかもしれないが、アスラデーモンが死んでも復活して情報を持ち帰れることを前提にしているなら、魔王軍は彼らが想定できる最も遅い帰還日を過ぎてからではないと異変に気が付けないはずだ。おそらく半年は安全なのではないだろうか？

ひとまず勝利だ。

「アルトラ」

「…………」

「生きてて良かったな」

「はい‼」

黙っているアルトラの代わりに、葉牡丹が大きな声でそう答えたのだった。

第五章 一緒に暮らして1年経ちました

世界の片隅の辺境で、世界の命運を決める戦いが人知れず行われてから一晩過ぎた。

「おはよう」

「おはよう」

俺とリットはいつものように同時に起きて言葉を交わす。

カーテンを開けると、窓からいつもと変わらない朝日が差し込んだ。

「んー」

2人が同じタイミングで伸びをして、顔を見合わせ笑う。

それから庭に出て朝日を浴びる。

2人で軽い体操。

向こうの木で鳥が鳴いている。

風が吹いて、リットは気持ちよさそうに目を細める。

ゾルタンの夏でも、この時間は随分過ごしやすい。

「さて、今日も楽しく仕事するか」

「うん！」

昨日はアルトラのことで臨時休業だったから今日は頑張らないと。

そして今日頑張ったら明日は休日だ。

俺達は顔を洗ってから家の中に戻る。

俺は朝食の準備のため、エプロンを着てキッチンに立つ。

今日はルーティ達も来るから5人分だ。

フライパンを熱してバターでベーコンを焼き、油が出てきたら卵を落とす。

合間にジャガイモを塩ゆでしておく。

スライスしたレモンは井戸から汲んできたばかりの冷たい水に入れる。

今日は簡単、でも美味しいがコンセプトだ。

＊　＊　＊

食卓の席には俺、リット、ルーティ、ティセ、うげうげさん、葉牡丹が座っている。

「「「「いただきます」」」」

みんな、美味しそうに食べてくれた。

特別ではないメニュー、特別ではない時間、今日も素晴らしい朝だ。

「あの後、アルトラの様子はどうだった？」

「退院は5日後とのことです、お医者様に怒られておりました」

「はは、病院を抜け出したと思ったら入院初日の状態に戻って帰ってきたんだから、そりゃ怒られるか」

魔力をすべて消費した後で、無理して封印の秘術を使ったことがいけなかったらしい。

あの後、アルトラは倒れて気絶してしまい、慌てて病院に担いで行くことになった……まぁそりゃ倒れるか。

葉牡丹がアルトラと一緒に暮らせるようになるのはまだ先になってしまった。

「葉牡丹とアルトラはこのままゾルタンで暮らすつもりなのか？」

「はい、虎姫(とらひめ)様が退院したらルーティ殿の屋敷の近くで家を借りる予定です」

今後葉牡丹とアルトラがどうするかはまだ決まっていないが、しばらくはゾルタンに滞在することは決まった。

「今日、家を探す予定です、ルーティ殿も一緒に来てくれるんですよ！」

「そうなのか？」

「うん、私はゾルタンの頼れる先輩、家探しも私に任せれば安心」

ルーティは自信がある様子で胸を張っている。

頼もしいな。

「アヴァロン大陸侵攻が失敗すれば、魔王の求心力も落ちるだろう。ワイヴァーン騎兵も壊滅したし、ルーティはもちろんアルトラと戦える戦力だってもう残っていないんじゃないか？」

「封印の秘術があるとわかれば、アスラデーモンを追っ手にするのも躊躇しそうだしね」

「そうですね、魔王タラクスンにとって絶対に裏切らない味方は同族だけです。デーモンもオークもドワーフも、力によって従わされているだけですから」

暗黒大陸出身であることを隠す必要がなくなった葉牡丹から、暗黒大陸と魔王軍のことを色々聞くことができた。

ただ生まれてから魔王の姫として城の中で過ごし、タラクスンが魔王となってからはずっと軟禁されていたので、自分で直接見た知識というのはあまりないそうだ。

葉牡丹にとって、アルトラとの旅が初めての外の世界だった。

「虎姫様は拙者にたくさんのことを教えてくれました。ヒスイ王国で食べさせてもらったおでんは美味しかったな」

「おでんはヒスイ王国から伝来した料理だったな、ゾルタンにもあるから食べてみるといい」

「本当ですか！　虎姫様が元気になったら食べに行ってみます！」

葉牡丹はおでんと聞いて目を輝かせた。

「葉牡丹って、虎姫の正体がアルトラだってバレても虎姫って呼ぶのね」

リットの質問に、葉牡丹は顔を赤くした。

「実は……アルトラさんに虎姫様って名前をつけたのは拙者なんです」

口調が少し変わった。

忍者の振りではない、本来の葉牡丹の言葉なのだろう。

「拙者、自分の名前がないんです」

「名前がない？」

「はい、魔王の氏族は魔王の名を受け継ぎます。それまでは何者でもなく、拙者もただ〝魔王様の娘〟としか呼ばれていませんでしたし、そう扱われていました。拙者は父親である魔王の顔も知らないんです。だからアルトラさんに葉牡丹という名前を貰った時、初めてこの世界に生まれてきた気がしました」

「……そうだったんだ」

「拙者も、アルトラさんに何か贈りたかった。アルトラさんが偽名を考えていた時、拙者が虎姫と名乗ったら良いって言ったんです。拙者の自己満足かもしれないけれど……虎姫様は喜んでくれたんです」

魔王も大変なんだな……。

悪の王として役割から外れないようにするためには、余計な経験を与えない方が良いということなのか。

だったら葉牡丹はこれまでの魔王とは違う存在になれるかもしれない。

「そうか、だったら俺達も虎姫様と呼ぶか」

「うん、このゾルタンではヒスイ王国のお姫様で葉牡丹の主の虎姫様ね」

俺とリットがそう言うと、葉牡丹は嬉しそうに笑った。

……虎姫が助かって良かったと、改めて思った。

「そ、そういえばレッド&リット薬草店1周年の商品作るんですよね？」

自分の大切な気持ちを打ち明けて恥ずかしくなったのか、葉牡丹はやや強引に話を変えた。

微笑(ほほえ)ましい。

「ああ、実はもうアイディアはあるんだ、店が終わったら作業するつもりだよ」

「それじゃあ今日も店のことは私がやるから、レッドは作業していていいよ」

リットが言った。

だが俺は首を横に振る。

「薬草クッキーを作った時と同じようにしたいんだ」

「同じようにって……？」

「リットと一緒に作りたい、レッド&リット薬草店1周年記念商品はそれ以外ないよ」

「そ、そうかな……えへへ」

リットは緩んだ口元を首のバンダナで隠した。

俺はリットのあの仕草がとても好きだ。

「それじゃあ今日は私が店番をやる」

「拙者も手伝います！」

「私も薬草農園の仕事が終わったらこちらを手伝いますね」

ルーティ、薬牡丹、ティセが身を乗り出して言ってくれた。

「いいのか？　それに、薬牡丹は住むところを探さないといけないんだろう？」

「魔王軍の追っ手もしばらく来ないでしょうし、拙者と虎姫様も余裕ができましたから。こんなことでご恩が返せるとは思っていませんが、少しでもお役に立ちたいです！」

「お兄ちゃんのお店は楽しい、薬牡丹もきっと気に入るはず」

「ありがとう3人とも」

かつて勇者だったルーティといつか魔王になる薬牡丹が並んで辺境の薬屋に立つ。

虎姫は運命だと言っていたが、これが運命だとしたらそれを描いたのはデミス神ではないだろう。

何だか俺はとても痛快な気持ちになっていた。

＊　＊　＊

レッド&リット薬草店、作業室。

俺とリットは2人並んで座っていた。

「それでアイディアってどういうものなの？」

リットは机に置かれた乾燥した薬草の入った瓶を手に取りながら言った。

「俺達のお店は薬屋だ」

「うん」

「薬というのは体が悪くなった時に使うものがほとんどだ」

「そうだね」

「今回も体が悪くなった時に使う薬だが、健康とは別の方向で作ろうと思う」

「別の方向って!?」

リットはワクワクした様子で俺に尋ねた。

そのリアクションが楽しい。

「痛みはなくても人間の体は毎日傷ついている、それを癒やす薬を作ろうと思う」

俺はリットの綺麗なブロンドの髪に触れる。

「れ、レッド!?」

「レッド&リット薬草店1周年記念商品は髪を守る薬だ」

コンセプトは、雨と乾燥から髪を守り、香りは控えめで心地よく、長時間かつ長期間使用しても副作用なく、髪型を崩さない薬。

「すでに調合レシピに見当はついている、あとは調整だけだ」

「すごい！」

「ただ俺の髪は丈夫でこういう薬があまり必要じゃないんだよな」

「たしかにレッドの髪ってしっかりしてるものね」

リットが俺の髪をクシャクシャと撫でた。

「ん……こほん、それで今日はサンプルを色々作るからリットにアドバイスをもらいたいんだ」

「私に？」

「そっ、リットが一番良いと思ったレシピで商品を作ろうと思っているんだ。レッド&リット薬草店1周年記念商品にピッタリだろ？」

「そうだね！　……えへへ」

リットが驚き喜んでくれた。

それが俺にとってもすごく嬉しい。

「それじゃあ色々作ってみるから、リットは隣にいてくれ」

「もちろん、私はずっとレッドの隣にいるよ」

　顔が熱くなる気がした。

　俺はいくつもサンプルを作り、リットがしっかりと意見を言う。

　試行錯誤はずっと続いた。

　店の営業時間が終わり、ルーティ達と夕食を食べ、みんな帰った後でまた俺とリットは作業室へこもる。

　だいぶ候補は絞れてきた。

　あとは香りの強さを調整して……。

「「完成!!」」

　俺とリットは手を取り合って笑う。

「よし明日までに数を作っておくよ」

「明日、私は試供品を配ってくるね！」

　明日が楽しみだ。

　そして今日も楽しく、そして幸せな一日（スローライフ）だった。

＊　＊　＊

翌日。

リットは試供品の入ったバスケットを持って、2時間ほどゾルタンを回ってくれた。

俺もその間に店に来てくれたお客さんに勧める。

薬草クッキーの時と違って、買ってくれる女性のお客さんが多い。

この1年で俺とリットの店をそれだけ信頼してくれたということだろう。

なんだか、また嬉しさがこみ上げてきた。

そうしていると、1人の老紳士が薬を手に取った。

「ほぉ、良さそうだ」

中央区の貴族の所で働いている執事だ。

今日はオフのようでいつもの仕事着ではなく緩やかなシャツを着ている。

この人は既婚者だったな。

「奥さんにもどうです？　きっと気に入りますよ」

「そうだね、実はもうすぐ結婚記念日なんだ」

老紳士はそう言って薬を2瓶カウンターに置いた。

「君達の1周年記念の商品ならプレゼントにふさわしいだろう、私達も君達のように仲睦まじい夫婦でありたいからね」

「い、いや、その、ありがとうございます」

俺が口ごもったのを見て、老紳士は楽しそうに笑っていた。

それから昼になり、リットが戻ってきた。

反応は上々。

リットが試供品を配ってくれたおかげで午後からは客も増えた。

夕方になり店を閉める頃には、用意したすべての薬が売れていた。

「お疲れ様リット」

「お疲れ様レッド」

俺達は顔を見合わせ、それからハイタッチを交わす。

前は初めて店が客で溢れたこともあって、つい興奮してリットの体を抱き上げてしまったことを思い出した。

今回もやっておくか。

「わっ」

「いつもありがとうリット」

「えへへ、1年前と一緒だね」

「そうでもないさ」

1年前より俺とリットの仲は深くなった。

リットは俺のかけがえのない大切な人だ。

「リット……渡したいものがあるんだ」

俺はリットを降ろしながら言った。

「うん、私もレッドに渡したいものがあるの」

リットもそう言った。

俺達はお互い触れ合える距離のまま包みを取り出す。

「リット」

「うん」

「1年間一緒にいてくれてありがとう、そしてこれからもずっと一緒にいて欲しい」

リットは緩んだ口を首のバンダナの中へ隠してから、包みを開けた。

中に入っていたのは港区で買ったシードレイクの角製の櫛(くし)と昨日俺が作ったばかりの薬。

1周年記念商品は店のためでもあるが……リットのために作った薬でもある。

「リットの髪はとても綺麗(きれい)だから俺も大切にしたい」

「ありがとう、本当に嬉しい！」

今度は俺がリットから貰(もら)った包みを開ける。

中に入っていたのはリットの首に巻かれたものと同じデザインのバンダナだ。

「私達って別行動する時も結構多いよね、でもそれがあればずっとつながっていられる気がするの」

俺は自分の左腕につける。

「似合うかな」

「うん！　私のバンダナと同じくらい似合ってる！」

俺はリットを抱き寄せると、その唇にそっとキスをした。

来年の俺達はもう名実ともに夫婦となっているだろう。

恋人としての記念日は今日が最初で最後。

そう思うと、ますますリットのことが愛(いと)おしくなったのだった。

エピローグ　2人の旅立ち

暗黒大陸。地下世界アンダーディープ。その中にあるアスラ達の国〝アスラクシェートラ〟、その首都である魔王城。

王座に座る巨軀のアスラ。

憤怒の魔王タラクスンとその前に跪くアスラの戦士シサンダン。

「この戦争は負けるか」

「はい」

魔王の問いにシサンダンは頷いた。

魔王はしばし瞑目すると、刀を持って立ち上がる。

「ならば余が立たねばなるまい」

「……王が敗れれば魔王の力は失われましょう」

「然り」

「王が不在となればアスラの転生も滞ることになりましょう」

「然り。だが余は偽りの魔王にして真の勇者である」

「はっ」

「立たねばならぬ、悪神と魔王より世界を救うのが勇者であるアスラ王の役割である」

「そうお決めになったのならお供致します我らが王よ」

持つのは刀一振り、旅の一張羅、一束の薬草、そして不退転の勇気。

それが勇者の作法であり、足りぬからこそ得られる力があるとアスラは知っている。

勇者アスラ最後の旅が始まった。

＊　＊　＊

その日、俺は修理に出していた銅の剣をモグリムの店に取りに行った帰りだった。

四天王2人の一撃を受け止めたことで剣にヒビが入っていたのだが、今はすっかり元通りだ。

モグリムはやはり腕が良い。

「レッド」

俺を呼び止める声がした。

「ヤランドララ！」

立っていたのは俺のよく知るハイエルフの親友ヤランドララだった。

「ここ数日姿を見せなかったから、どうしたのかと思っていたよ」

「色々準備をね」

ヤランドララの表情には少し暗い陰がある。

「何かあったのか？」

「そういうわけじゃないの。でも今日はレッドにお別れを言いに来たわ」

「お別れ!?」

俺は驚いて声を上げた。

「一度キラミン王国に戻るつもりなの、封印書庫で調べ物をしたくて」

「封印書庫！」

噂に聞くウッドエルフ時代の危険な知識を封印しているというハイエルフの禁書か。

「魔王軍のワイヴァーンが1頭生き残っていたのを治療したの。その子に乗っていくつもりよ、でも1ヶ月くらいはかかると思うわ」

「ヤランドララはワイヴァーンも扱えるのか」

「ちょっとだけね。もともと魔王軍が調教してあるし、それに騎乗戦闘するわけじゃないから」

「しかし、何だって急に調べ物にキラミン王国まで行くんだ？」

「……『魔王』の加護について調べたいの」

「そうか」

ヤランドララがなぜそう思ったのか、俺にも思い当たった。

「『勇者』の加護は初代勇者を再現するために作られたものだ。ならば『魔王』の加護は？」

「初代勇者と戦った本物の魔王を再現したと考えるのが自然よね」

「ああ……葉牡丹(はぼたん)とルーティの『シン』は似ている」

「『魔王』の加護について、アヴァロン大陸に残された情報は少ない、でもキラミン王国なら可能性がある、ハイエルフはかつての時代を生き抜いた種族だから」

ヤランドララはルーティのために北方キラミン王国まで行こうとしてくれているのだ。

「ありがとうヤランドララ」

「当然でしょ、あなたもルーティも私の大切な友達なのだから」

ヤランドララは俺の手を握った。

「1つだけワガママ聞いてくれるなら……私が戻ってくるまでリットとの結婚式は待っておいてね、私だって直接お祝いしたいんだから」

「あはは、分かっているよ、ヤランドララが帰ってくるのを楽しみに待っているからな」

ヤランドララは嬉(うれ)しそうに笑った。

そして、ヤランドララはゾルタンから旅立って行った。

あとがき

この本を手にとっていただきありがとうございます！　作者のざっぽんです。

2年目の夏が舞台の12巻、海の中を泳ぐヤランドララの表紙が素敵です。今回もやすも先生が描いてくださったイラストは色彩が美しいですよね。ラフを頂いた時から、完成したイラストを拝見するのが楽しみで仕方ありませんでした。

そんなイラストにある通り、12巻はヤランドララの趣味が高じて海に行く話と、その海で出会った少女と元勇者ルーティの話です。

そして、勇者の物語を書くのに必要なもう一つの側面である魔王。デミス神と勇者の話について一区切りついたので、次は魔王の話となりました。

勇者の目的が魔王を倒すことなら、魔王の存在が勇者という存在の在り方を決めると言ってもいいでしょう。そこに理由も求めるのも野暮(やぼ)という物語もありますが、本作では自由なスローライフを縛るものとして加護があり、その加護が存在する意味が勇者と魔王という存在にあり……と、このテーマを書き切ることで「勇者が幸せになる物語」も書き切ることができるのかなと思います。

もう一つ大事なイベントが、レッドとリットが一緒に暮らし始めて1年という節目を迎えることです。そして、婚約を終わらせた2人の人生にも大きなイベントが近づいてきます。

次巻も3人のことを応援してくださったら嬉（うれ）しいです。

次にお知らせです！

本作の池野雅博（いけのまさひろ）先生によるコミック11巻と、リット主役のスピンオフ『真の仲間になれなかったお姫様は、辺境でスローライフすることにしました』2巻が5月26日（金）に発売予定です。どちらも面白いマンガですので、ぜひ読んでみてください。

1冊の本ができあがるのはたくさんの過程があって、それぞれ担当する方々がいつも良い仕事をしてくださったからです、ありがとうございます。

次巻もどうかよろしくお願いします！

それでは皆さん、また13巻でお会いしましょう！

２０２３年　青空飛び交う花粉に慄（おのの）きながら　ざっぽん

イラスト担当のやすもです。
本巻もありがとうございました！

真の仲間じゃないと勇者のパーティーを追い出されたので、辺境でスローライフすることにしました12

著　ざっぽん

角川スニーカー文庫　23640
2023年5月1日　初版発行

発行者　山下直久
発　行　株式会社KADOKAWA
〒102-8177 東京都千代田区富士見2-13-3
電話　0570-002-301（ナビダイヤル）

印刷所　株式会社暁印刷
製本所　本間製本株式会社

◇◇◇

Printed in Japan　ISBN 978-4-04-112783-4　C0193

★ご意見、ご感想をお送りください★
〒102-8177 東京都千代田区富士見 2-13-3
株式会社KADOKAWA　角川スニーカー文庫編集部気付
「ざっぽん」先生「やすも」先生

角川文庫発刊に際して

角川源義

第二次世界大戦の敗北は、軍事力の敗北であった以上に、私たちの若い文化力の敗退であった。私たちの文化が戦争に対して如何に無力であり、単なるあだ花に過ぎなかったかを、私たちは身を以て体験し痛感した。西洋近代文化の摂取にとって、明治以後八十年の歳月は決して短かすぎたとは言えない。にもかかわらず、近代文化の伝統を確立し、自由な批判と柔軟な良識に富む文化層として自らを形成することに私たちは失敗して来た。そしてこれは、各層への文化の普及滲透を任務とする出版人の責任でもあった。

一九四五年以来、私たちは再び振出しに戻り、第一歩から踏み出すことを余儀なくされた。これは大きな不幸ではあるが、反面、これまでの混沌・未熟・歪曲の中にあった我が国の文化に秩序と確たる基礎を齎らすためには絶好の機会でもある。角川書店は、このような祖国の文化的危機にあたり、微力をも顧みず再建の礎石たるべき抱負と決意とをもって出発したが、ここに創立以来の念願を果すべく角川文庫を発刊する。これまで刊行されたあらゆる全集叢書文庫類の長所と短所とを検討し、古今東西の不朽の典籍を、良心的編集のもとに、廉価に、そして書架にふさわしい美本として、多くのひとびとに提供しようとする。しかし私たちは徒らに百科全書的な知識のジレッタントを作ることを目的とせず、あくまで祖国の文化に秩序と再建への道を示し、この文庫を角川書店の栄ある事業として、今後永久に継続発展せしめ、学芸と教養との殿堂として大成せんことを期したい。多くの読書子の愛情ある忠言と支持とによって、この希望と抱負とを完遂せしめられんことを願う。

一九四九年五月三日